Andrea Reichert

Frau Edeka macht Mittag

Kurzgeschichten

W0012937

Mercator

Autorin: Andrea Reichert
Lektorat: Susanne Nagels, Susanne Schulten

Bibliografische Information der Deutschen Bibliothek
Die Deutsche Bibliothek verzeichnet diese Publika-
tion in der Deutschen Nationalbibliografie; detaillierte
bibliografische Daten sind im Internet über
http://dnb.ddb.de abrufbar.

Verlag Fachtechnik + Mercator-Verlag, Duisburg
www.mercator-verlag.de

Umschlaggestaltung: Typometris GmbH, Münster
Layout: Sabine Ernat
Druck: CPI – Ebner & Spiegel, Ulm
ISBN 978-3-87463-507-3

Für meine Familie.

Und für deine. Für die nahen Verwandten und die entfernten, die angenehmen und die schwierigen.
Für die Mütter der Nation und die Väter der Klamotte, die Tante aus Marokko und den Onkel Jörg vom Bauernhof.

Vor allem aber für Joachim.

Inhalt

Prolog: Was ist Kindheit?

Kindheit ist das Geräusch eines silbernen Glöckchens, von der Mutter geläutet am Weihnachtsabend, wie der Klingelton der Erlösung, der die gute Stube zum Sturm freigibt.
Erst der Gesang, dann die Geschenke und zum Schluss die Enttäuschung. Ein Schlafanzug und ein Stück defekte Unterhaltungselektronik. Umtausch frühestens in drei Tagen.

Kindheit ist der Anblick einer rohen Kartoffel, die in der Speisekammer mit fünf Pfund anderen vor sich hinkeimt, bis sie plötzlich zu einem spricht: „Steck mich in die Hosentasche, nimm mich mit auf die Straße, zeig mich deinen Freunden."
Am Abend, als Kühnheit in Angst umschlägt, stopft man sie in den Auspuff eines VW-Käfers, von dem man annimmt, dass sie dort nie mehr gefunden wird.

Kindheit ist der Geschmack von feinkörnigem Dreck zwischen den Zähnen. All der Dreck, den man immerzu im Mund hat, weil er an den Fingern klebt, an heruntergefallenen Bonbons oder an Haselnüssen, die man mit schmierigen Pflastersteinen auf der Erde geknackt hat.

Kindheit ist der Geruch eines knallroten Gummistiefels, getränkt mit dem Schweiß der großen Schwester, in den man täglich hineinschlüpft, Sommer wie Winter, weil man die Schleife nicht kann und Klettverschlüsse noch nicht erfunden sind.

Kindheit ist das Gefühl nackter Haut, warm und weich, die man mit den Wangen ertastet, wenn man kurz vorm Zubettgehen noch einmal auf den Schoß der adipösen Großmutter klettert und seinen Kopf in ihre Busenritze steckt.

Die Einladung

Den ganzen Nachmittag haben wir auf dem Balkon gesessen, Linda und ich, auf dieser unbequemen Bank, die unser Vormieter einfach hier stehen gelassen hat. Sie hat ihren Kopf an meine Schulter gelehnt und blinzelt Richtung Kirchturmuhr drüben am Marktplatz.

„Gleich halb sieben. Musst du dich nicht langsam umziehen?"

Die Sonne scheint noch immer warm auf mein Gesicht. Die harte Lehne in meinem Rücken spüre ich schon gar nicht mehr.

„Kann ich nicht so bleiben?", frage ich träge. „Ich bin doch wohl schön genug."

Sie richtet sich auf und wirft einen prüfenden Blick auf mein blaues T-Shirt, das wie ein Fußballtrikot geschnitten und hinten mit dem Spielernamen *Hartz* und der Nummer *4* beflockt ist.

„Für mich reicht es", gähnt sie. „Aber für die Kreise, in denen du dich neuerdings bewegst …"

Ich weiß, was sie mir damit sagen will, und es ist ja auch nicht falsch. Wenn ich bei meinem Chef zur Grillparty eingeladen bin, sollte ich sicherheitshalber eins von den biederen Hemden tragen, die meine Mutter mir unter den Weihnachtsbaum gelegt hat. Aber *wie* sie es sagt, gefällt mir nicht. *Die Kreise, in denen du dich neuerdings bewegst.* Was soll das denn schon wieder heißen? Dass ich mich langsam, aber sicher in einen Spießer verwandle? Dass *ich* meine Träume verraten habe und sie nicht?

Zugegeben, Linda ist tatsächlich Schauspielerin geworden. An einer kleinen Privatbühne, die so schlecht bezahlt, dass sie nebenbei noch kellnern muss, aber immerhin. Meine E-Gitarren hängen inzwischen alle an der Wand. Manchmal spiele ich noch ein bisschen, wenn ich abends von der Arbeit komme. Dann esse ich einen Happen und gehe rüber ins *Chat Noir*. Eigentlich mag ich den Laden nicht, das französische Getue, die Bohemiens mit ihren Strickmützen, das hochkulturelle Gelaber über Bücher, die keiner liest und Filme, die keiner guckt. Aber wenn ich Linda dabei zusehen will, wie sie Rotwein in Kelchen und Bier ohne Schaum serviert, bleibt mir nichts anderes übrig. Neulich hat sie an der Theke einer gefragt: „Sag mal Linda, was macht dein Freund denn so beruflich?"

Ich saß direkt daneben, habe genau mitbekommen, wie sie erst mal schlucken musste, ehe sie antworten konnte.

„Der Frank", hat sie kaum hörbar gesagt, „der ist jetzt bei der Bausparkasse."

„Echt? Wie geil ist das denn?!"

Ich habe meinen Deckel bezahlt und bin aufgestanden.

„Wenn du was wissen willst, du Kleinkunstfuzzi", habe ich zum Schluss noch in seine Richtung geblafft, „dann frag mich das nächste Mal selbst."

Es läuft nicht rund zwischen Linda und mir, aber ich will sie nicht verlieren. Ich will, dass alles wieder so wird wie früher.

„Komm doch mit heute Abend", versuche ich es ein

letztes Mal. „Die anderen werden auch ihre Partner dabeihaben. Das hat Jörg mir gestern noch erzählt."

„Ihre Partner?!", grinst sie spöttisch. „Also, du kennst Ausdrücke! Und worüber soll ich dann reden mit deinen Sparfüchsen und ihren *Partnern*? Über ihr Reihenhäuschen, die Kinder oder den letzten Pauschalurlaub? Nee, danke. Da gehe ich lieber mit Betty was trinken."

Als hätte sie mich in keinster Weise beleidigt, nimmt sie ihre alberne Frauenzeitschrift vom Tisch und blättert darin. Jetzt werde ich mich erst recht nicht mehr umziehen. Jetzt muss ich dringend raus hier.

„Ich bin dann mal weg", sage ich und will aufstehen. Sie zieht mich zurück und drückt mir schnell einen Kuss auf die Wange.

„Nicht böse sein", haucht sie. „Und warte nicht auf mich! Du bist ja sicher vor mir zurück."

„Nicht, wenn es genug Bier gibt."

„Soll ich dich schnell hinfahren?"

„Brauchst du nicht", sage ich mucksig. Und obwohl ich kein Freund des Öffentlichen Personennahverkehrs bin, füge ich hinzu: „Ich nehme den Bus. Die Neun fährt in die Richtung."

„Und wann?"

„Keine Ahnung! Aber wenn ich jetzt losgehe, wird es schon irgendwie passen."

Vor dem Spiegel fahre ich mir noch mal durch die Haare, dann ziehe ich die Schuhe an und mache mich auf den Weg zur Haltestelle.

Es ist das typische Kirmespublikum, das sich dort

bereits versammelt hat. Eine rauchende Mutter mit Kinderwagen, eine Dicke in Leggings, ein Mann mit vielen Plastiktüten und zwei Jungs, die wie westfälische Bauernsöhne aussehen, aber wie Gangsta-Rapper miteinander reden. Außer mir haben alle eine Monatskarte, stelle ich fest, als kurz darauf der Bus kommt.

Ich erzähle dem Fahrer, wo ich hin will und er sagt mir, an welcher Haltestelle ich aussteigen soll. Dann setze ich mich allein auf einen Vierersitz und schaue aus dem Fenster. Wir fahren in den Süden der Stadt, wo Jörg mit Frau und Kind in einem der besseren Viertel wohnt. Er soll dort ein freistehendes Haus mit großem Garten haben. Und einen Billardtisch im Keller. Es ist nicht die erste Einladung dieser Art, soviel habe ich inzwischen mitbekommen. Seit Tagen wird in jeder Mittagspause von Jörgs Rhabarberschnaps geschwärmt und von seiner Plattensammlung aus den Achtzigern, die er gegen Ende des Abends wohl immer aufzulegen pflegt.

Vielleicht ist das ganz normal, wenn man seit gut zehn Jahren immer in derselben Besetzung arbeitet. Mir ist ein wenig mulmig zumute. Nicht nur, weil ich kein Billard spielen kann. Dieses Private am Arbeitsplatz, das kann doch schnell nach hinten losgehen. Dienst ist Dienst und Schnaps ist Schnaps, war immer meine Devise. Aber sie haben mir gar keine Wahl gelassen. Gleich am ersten Tag – ich hatte nicht mal den Stuhl warm gesessen – hat mein Chef mir kumpelhaft das Du angeboten. Jetzt bin ich drei Monate in Jörgs Filiale und darf ihn schon am Abend besuchen. Ich muss höllisch aufpassen, denke ich, dass ich am Ende nicht der Besoffenste bin.

„Schulzentrum … Süüüd", verkündet in diesem Moment die weibliche Automatenstimme, die jede Haltestelle wie ein buddhistisches Mantra ansagt. Hier muss ich raus.

Ich habe keine Ahnung, wo ich mich befinde, aber die GPS-App auf meinem Handy wird mich schon ans Ziel bringen. Dem blauen Pfeil auf dem Display folgend, biege ich erst einmal falsch ab, befinde mich aber dennoch fünf Minuten später in der Zielstraße.

Es ist kurz vor sieben. Eingeladen waren wir für halb acht, aber egal, jetzt bin ich hier. Ich werde einfach noch mal um den Block gehen, bis es Zeit ist zu klingeln.

Die Straße macht eine Biegung genau um Jörgs Haus herum. Durch ein bodentiefes Fenster erhasche ich einen Blick in sein Wohnzimmer. Ich sehe den Rücken einer weißen Ledergarnitur und einen riesigen Fernseher an der Wand, auf dem gerade *Ice Age* läuft. Während ich noch überlege, ob das Teil I oder Teil II ist, geht drinnen jemand am Fenster vorbei.

Für den Bruchteil einer Sekunde begegnen sich unsere Blicke. Ich weiß, dass er mich erkannt hat. Ich habe ihn ja auch erkannt. Daher ist es wohl ein Reflex, der mich diesen Satz nach vorn hinter die blickdichte Hecke machen lässt.

Das Fenster wird geöffnet.

„Frank?", höre ich ihn rufen. Ich setze noch schnell ein Lächeln auf, ehe ich mit zum Gruß erhobener Hand aus der Botanik trete.

„Hallo Jörg!"

Er grinst mich an und sagt dann: „Du läufst in die falsche Richtung. Der Eingang ist auf der anderen Seite."

„Ich weiß. Ich bin ein bisschen früh dran, da dachte ich, ich gehe noch spazieren."

„Ach, Quatsch! Komm rein!"

Er erklärt mir, wie ich durch ein Tor in den Garten gelange und wartet auf der Terrasse auf mich. Was seine Grünanlage betrifft, haben die anderen nicht zu viel versprochen. Auf einer Fläche von der Größe eines Fußballfeldes wächst hier jeder Stängel genau wie er soll. Die Beete sind farblich aufeinander abgestimmt und die Büsche gleichmäßig gestutzt. Am Rande der kurz gemähten Wiese befindet sich ein kleiner Teich, in dem ein Springbrunnen plätschert. Hinten in der Ecke steht das runde Trampolin vom Discounter, das ich auf dem Weg hierher in fast jedem Garten gesehen habe.

„Frank!", sagt Jörg und ergreift meine Hand, als hätten wir uns Jahre nicht gesehen. „Schön, dass du da bist! Und heute mal ganz leger. Richtig so!"

Er erkundigt sich nach Linda. Zu meiner eigenen Verwunderung behaupte ich, sie hätte Kopfschmerzen gehabt, was Jörg durchaus nachvollziehen kann, bei der schwülen Witterung. Als Nächstes erfahre ich, dass er sich gerade umziehen wollte.

„Und meine Frau steht auch noch unter der Dusche", fügt er sich am Kinn kratzend hinzu. Das Ganze ist mehr als peinlich.

„Kann ich mich irgendwie nützlich machen?",

stammle ich.

„Ach was! Es ist alles vorbereitet. Ich hole dir schon mal ein Bier!"

Er geht ins Haus und kommt kurz darauf mit einer geöffneten Flasche und einem Glas zurück.

„Hier! Mach's dir gemütlich!", sagt er. „Die anderen kommen ja auch gleich."

Als er wieder weg ist, überlege ich, ob ich mich setzen soll. Der Gartentisch ist mit bunten Platztellern, Stoffservietten und kleinen Blumenvasen recht vornehm eingedeckt. Wie sieht das aus, wenn ich mich jetzt da hinsetze? Ich frage mich, ob das Glas unbedingt benutzt werden muss. Leicht verunsichert stelle ich es auf den Tisch und entschließe mich, zu einer Grundstücksbegehung aufzubrechen.

Es ist alles schön grün hier, aber viel zu sehen gibt es nicht. Ich nehme einen Schluck aus der Flasche und schlendere gemächlich bis zum Teich. Das Wasser ist ziemlich trüb. Nach einiger Zeit taucht ein Goldfisch an der Oberfläche auf und schnappt nach Luft. Ich verfolge seine Bahnen, bis er unter den Seerosenblättern verschwindet. Das Plätschern des Springbrunnens löst schon wieder Harndrang bei mir aus, also wende ich mich zum Gehen, als mich plötzlich zwei schwarze Glupschaugen anblicken.

Da sitzt eine fette Kröte auf einem nassen Stein unter den Wasserpflanzen am Rand. Braun und pickelig streckt sie mir ihr Schwabbelkinn entgegen. Jabba der Hutte, reduziert auf Taschenformat. Aus lauter Langeweile zücke ich mein Handy und mache ein Foto, das ich bei Facebook hochlade. *Das Haustier meines Chefs*, setze ich in die Kommentarzeile und warte auf den ersten, der *Gefällt mir* drückt.

„Was machst du da?", piepst plötzlich eine zarte Stimme aus dem Hintergrund.

Erschrocken drehe ich mich um. Durch das schwarze Fangnetz des Trampolins erkenne ich eine Schaukel, die ich von der Terrasse aus gar nicht bemerkt habe. Ein kleines Mädchen sitzt auf dem Brett und scharrt mit den Füßen über eine Stelle im Boden, an der schon länger kein Gras mehr wächst. Der Staub, den sie dabei aufwirbelt, färbt ihre weißen Söckchen grau und legt sich auch auf ihr buntes Sommerkleid. Nur die rosa Klämmerchen im schwedenblonden Haar sitzen noch tadellos.

„Hallo!", sage ich so freundlich wie möglich und mache ein paar Schritte in ihre Richtung. „Wie heißt du denn?"

Sie lässt sich Zeit mit der Antwort. Ich überlege, ob ich ihren Namen schon mal gehört habe, kann mich aber nicht erinnern. Irgendwann legt sie den Kopf schräg und lächelt.

„Lara-Samira", sagt sie langsam und betont schüchtern.

Mit Kindern kenne ich mich nicht aus, aber ich merke natürlich, wenn ich verarscht werde. *Lara-Samira.* So heißt vielleicht die Prinzessin aus ihrem Märchenbuch oder die Perserkatze vom Nachbarn.

„Gut", sage ich feixend. „Wenn du die Lara-Samira bist, dann bin ich der Franz-Willibald."

Sie nimmt die Information äußerst gelassen zur Kenntnis. Ironie ist wohl nicht ihre Stärke.

„Lara-Samira?", ruft in diesem Moment Jörg von der Terrasse aus. „Was ist denn jetzt mit dem *Ice Age*-Film? Willst du den noch gucken oder kann ich den Fernseher ausschalten?"

„Du kannst ausmachen, Papa!", brüllt sie von der Schaukel herunter. „Ich spiele jetzt mit dem Franz-Willibald!"

Den letzten Teil des Satzes hat Jörg wohl nicht mehr mitbekommen. Jedenfalls bin ich sehr erleichtert, als ich feststelle, dass er kommentarlos wieder ins Wohnzimmer zurückgeht.

„Pass auf, Lara-Samira", sage ich schnell. „Ich heiße nicht Franz-Willibald. Ich heiße Frank."

„Frank?", wiederholt sie ungläubig. „Dann hast du mich angelogen!"

„Nein, das sollte nur ein kleiner Scherz sein."

„Doch, du hast mich angelogen! Meine Mama sagt, das darf man nicht."

„Da hat sie vollkommen recht", versichere ich. „Lügen sollte man wirklich nicht. Aber wie gesagt, es war keine Lüge, es war nur ein kleiner Spaß."

„Ich habe noch nie gelogen."

„Das glaube ich dir sofort."

Kinder und Betrunkene sagen immer die Wahrheit, das kennt man ja. Und dieser blonde Engel hier kapiert nicht einmal, was eine Lüge ist.

„Gehst du denn schon zur Schule?", frage ich, um das Thema zu wechseln.

Sie schüttelt den Kopf. „Erst nach den Sommerferien."

„Und? Freust du dich schon?"

„Jaaa", sagt sie und nickt.

Damit wäre dieses Thema wohl auch erschöpft. Ich überlege krampfhaft, worüber wir uns als Nächstes unterhalten könnten.

„Hast du mir was mitgebracht?", fragt die Kleine.

„Nein", entgegne ich überrascht. „Hätte ich das tun sollen?"

Sie zuckt mit den Schultern.

„Die anderen bringen mir immer was mit."

Natürlich. Ich Idiot! Wenigstens einen Blumenstrauß für die Dame des Hauses hätte ich besorgen müssen, aber jetzt ist es zu spät.

„Schau mal, da ist der Papa", sage ich. „Ich glaube, er zündet jetzt den Grill an. Sollen wir mal zu ihm rübergehen?"

„Nö", sagt sie. „Erst wenn die anderen kommen."

„Freust du dich schon?"

„Nur auf die Geschenke. Der Rest ist langweilig."

Eine ehrliche Antwort, denke ich. Das traut man sich später nicht mehr. Aber es kommt noch besser.

„Die reden ja doch nur dummes Zeug. Und dann sitzen sie herum und essen so viel Fleisch, dass ihnen der Bauch wehtut. Zum Schluss muss Papa den Benzinkanister holen, damit das Bauchweh wieder weggeht."

Im ersten Moment stutze ich, aber dann wird mir klar, wovon sie spricht. Der vielgepriesene, mit Korn aufgesetzte Rhabarberschnaps kommt hier wohl ins

Spiel.

„Die Gisela macht immer das größte Theater. *Nein, nein, für mich nicht mehr! … Ach komm, gib doch mal her!*"

Ich muss lachen, als sie meine Kollegin nachäfft. Das spitze Mündchen, die gezierten Handbewegungen. Es passt alles haargenau.

„Und wenn es dunkel wird, gehen sie in den Keller."

„Zum Billardspielen, ich weiß."

„Nein", sagt sie.

„Nein? Was machen sie denn sonst da unten?"

„Das darf ich nicht sagen."

„Und warum nicht?", frage ich grinsend.

Sie rutscht vom Schaukelbrett herunter und hebt einen Zweig vom Boden auf. Mit gesenktem Blick knibbelt sie an der Rinde herum.

„Ich sollte doch schlafen", erzählt sie stockend. „Aber als sie das letzte Mal hier waren, die Gisela, die Ilona und der Hans-Peter, da habe ich mich noch mal runtergeschlichen. Ich war ganz leise und habe die Kellertür nur ein kleines Stück aufgemacht. Mama hat schrecklich geschimpft."

„Geschimpft? Mit wem denn?"

„Mit mir natürlich! Ich darf mit niemandem darüber sprechen, hat sie gesagt. Wenn ich erzähle, was ich da unten im Keller gesehen habe, kommt das Jugendamt und steckt mich ins Heim."

„Wie bitte?!"

Ihre Stimme klingt mit einem Mal richtig ängstlich. Der Schreck scheint ihr wieder in allen Gliedern zu stecken. Ich räuspere mich.

„War es denn etwas Schlimmes, was du da unten gesehen hast?", frage ich behutsam nach.

Sie zuckt die Achseln und wirft das Stöckchen weg.

„Weiß nicht", sagt sie, den Blick fest zu Boden gerichtet.

„Möchtest du es mir nicht erzählen? Vielleicht kann ich dir helfen."

Zuerst schüttelt sie den Kopf und macht Anstalten, auf das Trampolin zu klettern. Sie hat die Schuhe schon ausgezogen, als sie sich eines Besseren besinnt.

„Ich könnte es dir ins Ohr flüstern", sagt sie. „Wenn du versprichst, dass du es nicht meiner Mama sagst."

Ich verspreche es und beuge meinen Kopf zu ihr herunter. Sie legt ihre Hände um meine Ohrmuschel und haucht einen Satz hinein, der mich erschaudern lässt.

„Die waren alle nackt."

„Was?!", sage ich entsetzt. „Das kann doch nicht sein!"

„Doch!", ruft sie beleidigt aus. „Ich habe es genau gesehen! Der Hans-Peter hat ganz viele Haare auf dem Rücken. Und die Ilona hat sooo große Brustwarzen! Aber du darfst es nicht meiner Mama sagen", setzt sie etwas leiser hinzu. „Du hast es versprochen!"

Ich schlucke. Ich schwitze. Mir fehlen die Worte.

„Da kommen sie!", schreit die Kleine in diesem Moment. Sie nimmt ihre Schuhe in die Hand und läuft auf Strümpfen zurück zur Terrasse. Ich folge ihr nach und beobachte wie in Trance, was sich dort hinten abspielt. Die Gastgeberin erscheint frisch geduscht in einem weißen Sommerkleid und nimmt die mitgebrachten Blumensträuße in Empfang. Lara-Samira lässt sich von jedem übers Haar streichen, während sie begierig wie ein Aasgeier Schokoladentafeln und andere Kleinigkeiten einsammelt. Hände werden geschüttelt. Es wird gelacht. Hier und da sieht man eine Umarmung.

„Alles in Ordnung?", fragt Jörg, als ich die drei Stufen zur Terrasse hinaufsteige. „Du bist so blass."

„Ja, ja", sage ich schnell und begrüße die anderen.

Jörg will mir seine Frau vorstellen. Ich versuche, mir ihren Namen zu merken, aber es gelingt mir nicht. Manuela oder Michaela, eins von beidem.

„Danke für die Einladung, und einen schönen Garten haben Sie hier", stottere ich wie ein Schuljunge.

Sie sieht erst mich an und dann Jörg. *Was hast du denn da für einen Halbgescheiten eingestellt?* steht auf ihrer Stirn geschrieben.

Wir setzen uns an den Tisch. Ich halte mich an meiner Flasche fest und bekomme noch ein Glas Sekt dazugestellt, in dem ein paar Erdbeeren schwimmen. Das Gespräch läuft lange Zeit an mir vorbei. Irgendwann sind die ersten Würstchen fertig. Ich müsste dringend etwas essen. Jörg hat mir schon das zweite Bier gebracht, und den Sekt habe ich aus lauter Verlegenheit auch schon heruntergekippt. Aber meine Kehle ist wie zugeschnürt.

Reiß dich zusammen, ermahne ich mich. Wenn es kritisch wird, täuschst du einfach einen Schwächeanfall vor und gehst nach Hause. Das beruhigt mich etwas. Ich esse ein Würstchen und zwei Steaks mit den entsprechenden Beilagen und lasse mich zum Schluss sogar noch zu einem gegrillten Maiskolben überreden.

Hans-Peter drängt mir ein Gespräch auf. Über den Abstiegskampf in der zweiten Liga kommen wir auf seinen Rollrasen zu sprechen und landen schließlich beim Thema *Einkaufen in Holland – kann man da wirklich was sparen?* Ich bin froh, als Jörg mir ein neues Bier bringt.

Der Abend plätschert so dahin. Gegen das Völlegefühl im Magen trinke ich reichlich von dem Rhabarberschnaps, der in der Tat aus einem weißen Kanister kredenzt wird.

„Lara-Samira", sagt Jörgs Frau irgendwann. „Du gehst jetzt ins Bett. Sag bitte allen Gute Nacht."

Artig macht die Kleine die Runde und gibt jedem die Hand.

„Schlaf gut", sage ich, als ich an der Reihe bin.

Sie hält einen Moment inne und fixiert mich.

„Du auch", entgegnet sie mit einem zuckersüßen, irgendwie diabolischen Lächeln, das mich frösteln lässt.

Plötzlich ist alles wieder da. Als ich sie mit ihrer Mutter im Haus verschwinden sehe, dreht sich mir der Magen um.

„Es wird frisch", sagt Jörg. „Sollen wir nicht langsam reingehen?"

„Nein!", rufe ich. „Wieso denn? Tut doch gut, die frische Luft."

„Also, mir ist auch kalt", meint Gisela, und die Frau von Hans-Peter nickt dazu.

„Wir könnten doch ein bisschen Billard spielen",

schlägt der Gastgeber vor. „Oder Darts. Ich habe jetzt eine Profischeibe. Habe ich das schon erzählt?"

Hans-Peter grinst. „Der Jörg!", sagt er witzelnd. „Der kann es mal wieder nicht erwarten, in seinen Keller zu kommen!"

Sie lachen dreckig. Ich sehe ihre glasigen Augen, ihre vom Alkohol erhitzten Wangen, und mit einem Mal sind sie wieder da, die lang verdrängten Bilder aus den Anfängen des Privatfernsehens. Meine Eltern waren beim Kegelabend. Ich hätte den Fernseher gar nicht einschalten dürfen, erst recht nicht diesen Sender, aber die Aufnahmen waren faszinierend und abstoßend zugleich. Ich sehe sie wieder vor mir, den beleibten, nur mit seinem Kassengestell bekleideten Mittvierziger, seine faltigen Nachbarinnen, die Sektgläser und die schmuddeligen Matratzen. Ich weiß sogar noch, was der Kommentator dazu gesagt hat. „Es gibt sie zu Tausenden in unserer Republik, private Swinger-Clubs in Kellern von Einfamilienhäusern wie diesem hier in Solingen."

Mir ist so schlecht. Es ist der Schnaps, der wieder raus will. Er steht mir schon bis zur Unterlippe.

„Entschuldigung!", sage ich noch, ehe ich aufspringe und ins Haus renne. Die Hand gegen den Mund gepresst, laufe ich durch das Wohnzimmer. Wo ist das verdammte Bad? Ich reiße die nächstbeste Tür auf und habe Glück. In buchstäblich letzter Sekunde übergebe ich mich in die Gästetoilette. Zweimal, dann ist alles vorbei. Völlig erschöpft bleibe ich noch einen Moment auf dem Boden sitzen, die Kloschüssel fest im Griff. Es kommt jemand die Treppe herunter. Wahrscheinlich Jörgs Frau. Die Kleine schläft jetzt sicher.

„Dem Frank ist übel geworden", höre ich eine weibliche Stimme, die nach Ilona klingt.

„Oh nein!", ruft Michaela oder Manuela. „Aber am Fleisch kann es nicht liegen! Das habe ich heute Morgen ganz frisch beim Metzger geholt!"

„Ich glaube, er hat einfach zu viel getrunken."

„Das ist sowieso ein komischer Typ, findest du nicht?"

„Im Büro war er bisher ganz in Ordnung. Ich weiß nicht, was heute mit ihm los ist."

Ich spüle mir den Mund aus und wasche mein Gesicht. Immer wieder, mit viel kaltem Wasser. Als ich das Gefühl habe, wieder halbwegs klar zu sein, klappe ich leise den Klodeckel herunter und setze mich.

Was soll ich jetzt machen? Ich könnte wieder zurück auf die Terrasse gehen und mich höflich verabschieden.

Vielen Dank für die Einladung, Jörg, ich muss jetzt leider gehen, ich habe so einen faden Geschmack im Mund. Das Bad ist wieder frei. Vielleicht würde ich die Rollläden noch mal hochfahren und kurz durchlüften. Ansonsten wünsche ich euch viel Spaß, was immer ihr Perversen heute noch vorhabt.

Nein, ich werde mich nicht verabschieden. Bloß weg hier! Ich öffne die Tür einen winzigen Spalt breit und lausche. Ilona und Jörgs Frau sind in der Küche.

„Ich habe noch was zu knabbern gekauft. Das können wir ja gleich mit runter nehmen", höre ich die Gastgeberin sagen.

Chipstüten werden aufgerissen und der Inhalt in Schüsseln gefüllt.

„Und sonst?", fragt Ilona. „Was macht die Kindererziehung? Habt ihr die Trotzphase endlich hinter euch gelassen?"

„Das schon", entgegnet Manuela oder Michaela. „Aber wenn das eine vorbei ist, kommt immer gleich etwas anderes. Neuerdings denkt sie sich die wildesten Geschichten aus und erzählt sie auch noch überall herum! Da fragt mich doch letzte Woche Lara-Samiras Erzieherin, ob es Jörg wieder besser gehe nach seinem schweren Autounfall. Was denn für ein Unfall, frage ich verdutzt, und da guckt sie mich ganz groß an. Ein Polizeiwagen habe ihm doch die Vorfahrt genommen und jetzt hätte er beide Beine in Gips!"

Ilona lacht sich kringelig.

„Das ist doch ganz normal!", gluckst sie. „Kinder machen sich die Welt so spannend, wie sie sie gerne hätten. Sie hat eben eine blühende Fantasie, deine Lara-Samira. Freu dich doch!"

„Ich weiß nicht", hält Jörgs Frau dagegen. „Langsam finde ich das nicht mehr witzig. Wenn ihr wirklich einer glaubt …"

Mit den Schüsseln in der Hand kommen sie aus der Küche. Ich ziehe die Tür schnell wieder zu und warte, bis sie vorbeigegangen sind. Jetzt oder nie. Auf leisen Sohlen schleiche ich zur Haustür, öffne sie und verschwinde.

Die Nacht ist sternenklar. Unter anderen Umständen täte die kühle Luft mir gut. Aber jetzt laufe ich einfach los, in Richtung Bushaltestelle, den Kopf voller wirrer Gedanken.

Lügen haben kurze Beine, so sagt man, und manchmal auch staubige Söckchen. Hereingelegt hat sie mich, dieses kleine Biest. Ich atme tief durch.

Was hat meine Mutter gesagt, gestern, als ich mit ihr telefonierte und ihr von meinen Sorgen erzählte, von den Problemen mit Linda und meinen Bedenken wegen der Einladung heute?

„Ach was", hat sie gesagt. „Zieh das karierte Hemd an, das ich dir zu Weihnachten geschenkt habe, nimm Linda mit, trink höchstens ein Bier und versuch, einen guten Eindruck zu machen!"

Alles auf Anfang

Ich stehe auf der Straße, vor meiner Haustür, und mit mir das Wochenende. Thank God it's Friday, denke ich, während ich aufschließe und den muffigen Hausflur betrete. Die Post war schon da, eine *ADAC Motorwelt* guckt aus dem Briefkasten, dazu eine Nachricht von der Krankenkasse und jede Menge Werbung.

Und dann ist da noch dieser Brief vom Amtsgericht. Mit zittrigen Händen reiße ich ihn auf, mein Herz wummert. Acht Seiten ist das Schreiben lang, komplett in Behördenchinesisch abgefasst. Auf dem Weg nach oben überfliege ich den Inhalt, nur um zu merken, dass das Wichtigste gleich im ersten Satz steht.

Die am 10. April 2001 vor dem Standesbeamten des Standesamts in Düsseldorf geschlossene Ehe wird geschieden.

Ein Schauer läuft mir über den Rücken. Endlich, denke ich. Theoretisch hat Dirk jetzt noch eine Beschwerdefrist von einem Monat, aber die wird er nicht nutzen. Er hat sich ja nicht einmal einen Rechtsanwalt genommen, hat das ganze, quälend lange Verfahren einfach über sich ergehen lassen.

Nichts kriegt Dirk geregelt. Letzten Sonntag war ich mal wieder in seiner Wohnung.

Reinkommen wollte ich eigentlich gar nicht, ich wollte bloß Nick abholen. Aber als ich pünktlich um sechs vor der Tür stand, war nicht einmal die Tasche gepackt.

Seit anderthalb Jahren haust er nun da, in dieser

Zwei-Zimmer-Dachgeschosswohnung. Es ist dort immer noch so gemütlich wie in einem Obdachlosenasyl, wenn auch nicht so sauber. Unser altes Sofa hat er einfach vor die nackte Wand geschoben, in der einen Ecke steht die Stereoanlage auf dem Boden, in der anderen der Fernseher. Im Schlafzimmer habe ich bloß ein Bett und eine Stehlampe gesehen. Die Klamotten lagert er wohl alle vor der Waschmaschine oder sie hängen im Keller auf der Leine. Am liebsten würde ich Nick gar nicht mehr zu ihm lassen.

Nach allem was ich höre, hat Dirk auch kaum noch Kontakt zu irgendjemandem. Morgens fährt er zur Arbeit und abends hängt er vermutlich über seinem Notebook. So genau weiß ich das nicht – wir sind ja nicht mal mehr Facebook-Freunde – aber es regt mich auf, wenn ich nur daran denke.

Vielleicht sollte ich erst einmal meine Jacke ausziehen und die Einkäufe in den Kühlschrank räumen. In einer halben Stunde kommt Nick schon aus der Schule. Ich will nicht, dass er den Brief sieht, will nicht schon wieder mit ihm darüber reden. Den wahren Grund für unsere Trennung kann ich ihm ohnehin nicht sagen, und belogen habe ich ihn jetzt oft genug.

Vorher mache ich mir noch einen Milchkaffee und rufe Holger auf der Arbeit an. Es dauert einen Moment, bis sie ihn ans Telefon geholt haben. Holger betreibt ein Fitness-Studio in einem Gewerbegebiet. Freitagnachmittags wimmelt es dort nur so von Testosteron-Junkies und Muskelmädeln, die vor dem Start ins Wochenende noch schnell mit dem Chef einen Protein-Drink schlürfen wollen.

„Liebling?", sage ich, als man mich endlich mit ihm verbunden hat. „Stell dir vor, meine Scheidung ist durch! Heute kam das Schreiben vom Gericht."

Er freut sich unglaublich.

„Das ist doch super!", jubelt er und kriegt sich gar nicht mehr ein vor Begeisterung. „Jetzt können wir endlich durchstarten! Bist du zufrieden?"

„Ja", antworte ich zögernd. „Eigentlich schon."

„Eigentlich?"

„Ich weiß nicht ... Es ist ein komischer Moment. Trotz allem."

Elf Jahre waren wir miteinander verheiratet, Dirk und ich. Wir waren eine ganz normale, glückliche Familie. Bis zu dem Abend, an dem ich ihn rausgeschmissen habe.

Auf Knien ist Dirk vor mir herumgerutscht, hat geheult wie ein kleines Kind. Es täte ihm unendlich leid, dieser eine schwache Moment. Ihren Körper hätte er gewollt, aber sie doch nicht.

„Verzeih mir, Anja, ich bin ein Idiot", hat er gewimmert und sich an meine Beine geklammert.

Sex oder Seelenverwandtschaft, Lust oder Liebe, für mich hat das gar keinen Unterschied gemacht.

„Hör endlich auf!", habe ich ihn angebrüllt, während ich seine Sachen in städtische Müllsäcke stopfte – unsere Koffer waren damals gerade in Griechenland, wir hatten sie an Freunde verliehen – und zum Schluss habe ich ihm noch die Modellautos aus der Vitrine hinterher geschmissen.

Nun habe ich es also schriftlich – *die Ehe gilt als unwiderlegbar zerrüttet* – so steht es dort schwarz auf weiß, bescheinigt von einem Richter, dessen Name mir gar nichts sagt.

Es hätte schlimmer ausgehen können, denke ich. Die Unterhaltszahlungen für Nick, der Versorgungsausgleich, das Umgangsrecht, alles ist genauso geregelt, wie meine Anwältin es haben wollte.

Du bist die Gewinnerin, sagt mein Kopf. Der Bauch sagt etwas anderes. In diesem Spiel gibt es nichts zu gewinnen. Am Ende sind wir beide gescheitert.

„Das müssen wir feiern!", schlägt Holger vor. „Wenn du willst, lade ich euch heute Abend zum Italiener ein."

„Ja", sage ich mit erstickter Stimme. „Warum nicht."

Er kann ja nicht wissen, was in mir vorgeht. Anscheinend redet er schon etwas länger auf mich ein, spricht immerzu von unserer Zukunft, vom Durchstarten. Ich kann mich nur schwer darauf konzentrieren. Es geht mir auch alles ein bisschen schnell.

Eigentlich war ich immer diejenige, die die Pläne gemacht hat. Ich habe die Ziele gesteckt. Dirk hat nur den Wagen gefahren.

Mit Holger ist das anders. Seit Wochen liegt er mir in den Ohren, wir sollen endlich zu ihm ziehen, in das Haus, das er von seinem Onkel geerbt hat. Ein charmanter Altbau in Citynähe, renovierungsbedürftig, aber mit drei Meter hohen Decken und großem Garten. Selbst Nicks Carrera-Bahn könnte dort ein eigenes Zimmer bekommen.

„Wir streichen es gemeinsam und du darfst die Farben aussuchen", hat Holger zu Nick gesagt.

Ich mag es nicht, wenn sie sich so gegen mich verbünden. Außerdem wohnt Holgers Mutter direkt nebenan. Das war mir bislang Vorwand genug, nicht dorthin zu ziehen.

Es klingelt an der Tür.

„Das wird Nick sein. Machen wir erst mal Schluss? Wir sehen uns ja heute Abend."

„Hast du schon mit ihm über unseren Urlaub gesprochen?", will Holger wissen.

„Nein, noch nicht. Aber ich mache es jetzt gleich. Versprochen."

Wir verabschieden uns mit den üblichen Liebesschwüren, schnelles Küsschen hin und her, während ich den Türdrücker betätige.

Nick hat immer einen Bärenhunger, wenn er nach Hause kommt. In der Schulmensa isst er sich scheinbar nie richtig satt. Vielleicht können sie dort auch gar nicht so viel auftischen, wie man in diese spindeldürren, stetig vor sich hin wachsenden Jungs hineinschütten könnte.

Zwei belegte Brote und eine Banane später lege ich den Ägypten-Prospekt gut sichtbar vor ihm auf den Tisch.

Vier Tage Kairo mit einem Ausflug zu den Pyramiden und anschließend ein zehntägiger Badeurlaub in einer traumhaften Hotelanlage. Fünf Sterne, all inclusive.

Nick ist erst mal sprachlos. Wir sehen uns alles genau an. Die Hochglanzbilder vom schneeweißen

Strand, den menschenleeren Hotelpool, die Riffe mit den leuchtenden Neonfischen.

„Können wir das wirklich machen, Mama?"

„Klar", sage ich. „In den Osterferien. Holger will nächste Woche buchen. Freust du dich?"

„In den Osterferien? ... Warum denn nicht im Sommer?"

„Weil es im Sommer am Roten Meer viel zu heiß ist."

Er wirkt etwas zerknirscht. Vielleicht habe ich die Frage nicht richtig verstanden oder die Bilder haben ihn völlig erschlagen. Ich erzähle ihm, dass das Hotel eigene Tennisplätze hat und Holger mit ihm einen Tauchkurs machen will.

„Die Osterferien sind doch schon bald", erkläre ich zum Schluss. „Du wirst sehen, da scheint die ganze Zeit die Sonne."

„Ostern wollte ich aber mit Papa zelten. Da kann ich gar nicht."

Es dauert einen Moment, bis der volle Informationsgehalt zu mir durchdringt.

„Was heißt, da kannst du nicht!?"

Meine Stimme überschlägt sich am Ende des Satzes. Ich muss mich räuspern, ehe ich weiterrede.

„Davon hat Papa mir nichts gesagt!"

„Na, und? Er fragt dich schon noch!"

„Ach was! Das kommt gar nicht in Frage. Zelten über Ostern! Wollt ihr euch den Tod holen? Auf diesem ollen Campingplatz im Bergischen, wo Oma und Opa den Wohnwagen stehen haben?"

„Nein!", sagt er entrüstet. „In Holland. Sandburg

heißt das, oder so ähnlich. Jedenfalls gibt es da eine Autorennstrecke direkt am Meer und eine Kartbahn ganz in der Nähe. Papa sagt, ich darf jeden Tag fahren, wenn ich will!"

„Zandvoort", korrigiere ich ihn und reibe mir erschöpft die Augen. Daher weht also der Wind. Zwei Wochen zelten im Frühlingsregen an der Autobahn. Jeden Tag Frikandeln grillen, dazu vitaminreiches Toastbrot und holländisches Dosenbier. Unseren ersten gemeinsamen Urlaub haben wir so verbracht, und später waren wir mit Nick noch mal dort. Wahrscheinlich soll das Ganze ein Nostalgietrip werden.

In diesem Juweliergeschäft habe ich Mama den Ring mit dem blauen Stein gekauft. Kennst du den noch? Sie hat ihn jahrelang getragen. Jetzt wohl nicht mehr. ... Und in dieser Eisdiele hast du dein erstes Eis gegessen. Eine Kugel Vanille mit bunten Zuckerstreuseln, die nachher komplett an der Backe klebten. Mama hat die Fotos. Die kann sie dir ja mal zeigen.

Am Ende wird Nick sich wünschen, er könnte die Zeit zurückdrehen. Ich würde Papa wieder bei uns aufnehmen und wir drei wären wieder eine Familie.

Warum macht Dirk so etwas? Warum lässt er den Jungen nicht endlich zur Ruhe kommen?

„Der Papa hat dich schon so oft enttäuscht", sage ich. „Letzte Woche wolltet ihr zum Fußball und seid dann doch nicht gegangen."

„Es gab ja auch keine Karten mehr."

„Weil Papa sich nicht drum gekümmert hat!"

„Stimmt ja gar nicht!", schreit er und springt auf. Er

rennt in sein Zimmer und knallt die Tür hinter sich zu.

„Nick!", rufe ich noch, aber es hat keinen Zweck.

Er hält immer zu seinem Vater, egal wie die Dinge liegen.

Weil er die Wahrheit nicht kennt. Die hat ihm ja keiner gesagt. Nur die Sprüche aus dem Trennungsratgeber haben wir ihm immer wieder vorgebetet.

Der Papa und ich, wir verstehen uns nicht mehr. Aber dich haben wir beide noch genauso lieb wie früher. Du bist nicht schuld daran.

Geholfen hat es Nick nicht. Fast ein Jahr lang hat er nachts wieder ins Bett gemacht, ist in der Schule abgesackt, war unerklärlich aggressiv.

Und ausgerechnet jetzt, wo Nick sich stabilisiert, wo er sich endlich an Holger gewöhnt hat, will Dirk die alten Wunden wieder aufreißen.

Vielleicht sollte ich Nick einfach alles erzählen. Im Moment glaubt er noch, ich hätte unsere Familie kaputt gemacht. Eines Tages muss er ja doch erfahren, was wirklich passiert ist. Ich werde ihm alles erklären, werde ihm beschreiben, was in mir vorging, an jenem Donnerstag, an dem ich zu früh von der Arbeit nach Hause kam, weil ich diese verdammten Kopfschmerzen hatte. Wie ich mich gefühlt habe, als ich die Wohnungstür aufschloss und ihre braune Lederjacke an der Garderobe hängen sah. Vintage Style. 299 Euro in einer kleinen Altstadtboutique. Ich war dabei, als sie sie gekauft hat.

Was macht die denn hier, habe ich noch gedacht, und dann habe ich auch schon die Geräusche gehört. Die Schlafzimmertür war geschlossen. Dahinter lief ganz leise Musik, eine von meinen CDs. *Annett Louisan, Das Spiel,* und völlig unrhythmisch dazu hat sie sich die Seele aus dem Leib gestöhnt.

Dirk hat sich angehört wie immer. Nein, nicht wie immer, wie in unseren besten Momenten, und das war vielleicht das Schlimmste daran. Ich weiß nicht mehr, wie lange ich dort gestanden und sie belauscht habe. Es war wie der grausamste Moment eines Albtraums, der Punkt, an dem man rennen will und nicht von der Stelle kommt.

Irgendwann habe ich die Tür aufgerissen, und da hat sie gekreischt wie ein Schulmädchen, hat sich unsere Bettdecke über ihren nackten Hintern gezogen, meine Freundin Suse. Dabei war sie mir in diesem Augenblick völlig egal. Es war sein Gesicht, das ich sehen wollte, sein Entsetzen und seine Scham.

Höchste Zeit für einen Schlussstrich. Ich will keinen Kontakt mehr zu Dirk, will nicht ständig erinnert werden an diese Geschichte, an der ich beinahe zerbrochen wäre. Wir fangen einfach noch mal von vorne an, Nick, Holger und ich.

Alles, was ich tun muss, ist Nick erzählen, was wirklich passiert ist.

Was aber mache ich, wenn er damit nicht klar kommt oder schlimmer noch, wenn er mir nicht glaubt? Wenn er einfach nur davonläuft, so wie gerade?

Ich muss eben Geduld haben. Meine Zeit kommt schon noch. Früher oder später wird Dirk aus unserem Leben verschwinden. Ich muss es nur geschickt genug anstellen.

Dicker als Wasser

„Setz dich", sagt Dirk und stellt die Tüte mit den beiden Gyrostellern, die wir vom Griechen an der Ecke mitgebracht haben, auf den Wohnzimmertisch. Er geht in die Küche, kommt mit Besteck und zwei Flaschen Pils zurück und schaltet den Fernseher ein.

Eine *Auto Motor Sport* liegt auf dem Sofa, eine Unterhose und ein T-Shirt. Mit einer schnellen Handbewegung schiebe ich alles in die Ecke, lasse mich in die Polster fallen und packe unser Abendessen aus.

Dirk und ich, wir arbeiten in derselben Firma. Einmal in der Woche spielen wir Handball zusammen, in der Betriebssportgruppe. Wenn einer von uns Geburtstag hat, bringt er einen Kasten Bier mit. Den trinken wir dann nach dem Training in der Kabine. Ansonsten haben wir eigentlich keinen Kontakt. Warum Dirk ausgerechnet mich gefragt hat, ob ich ihm diesen Gefallen tun könnte, weiß ich nicht. Ich kann schlecht Nein sagen. Vielleicht hat er das gemerkt.

Nun sitze ich hier, in seinem Wohnzimmer, und schaue mich unauffällig um. Ein Sofa, ein Tisch und die Unterhaltungselektronik, die man eben so braucht. Keine kitschigen Kunstdrucke an den Wänden, keine faulenden Pflanzen auf der Fensterbank, keine sinnlosen Staubfänger im Hifi-Rack. Selbst das Hifi-Rack hat er sich gespart. Die Geräte stehen einfach so auf dem Boden herum. Beneidenswert. Wenn ich keine Freundin hätte, würde ich genauso leben.

Dirk sucht den Flaschenöffner, erst in der Küche,

dann im CD-Regal und schließlich unter einem Haufen Altpapier.

„Hier!", sage ich und reiche ihm mein Feuerzeug. Wir stoßen an, nehmen den ersten Schluck, er setzt sich neben mich.

Beim Essen reden wir nicht viel, wir gucken in den Fernseher. Das Programm hat Dirk ausgewählt, zielsicher, ohne groß durchzuschalten. Wir sehen einen Mann und eine Frau in weißen Metzgerschürzen, die vor einer Küchenkulisse stehen und abwechselnd verschiedene Obstsorten durch eine Saftpresse drücken. Orangen, Kirschen, Birnen und zum Schluss einen Apfel.

„Ich kannte mal einen, der konnte das mit der bloßen Hand", sagt Dirk.

„Was?"

„Einen Apfel zu Saft quetschen."

„Glaub' ich nicht."

„Ist aber so."

Wir essen weiter. Nebeneinander und doch jeder für sich. Die Atmosphäre ist angenehm stumpf. Irgendwann klingelt es an der Tür.

„Erwartest du noch jemanden?"

„Kann sein", sagt Dirk und schlurft durch die kleine Diele zur Tür. Ohne die Sprechanlage zu benutzen, drückt er auf. Durch die geöffnete Wohnungstür höre ich, wie die Schritte im Treppenhaus näherkommen. Da ist noch ein zweites Geräusch, ein seltsames Hecheln. Kurz darauf stürmt ein Hund ins Wohnzimmer, ein großer, dunkelbrauner Labrador. Vor dem Tisch dreht er sich ein paarmal im Kreis, ehe er zu mir aufs Sofa springt und sich blitzschnell ein Maul voll Gyros von Dirks Teller schnappt.

Ich traue mich nicht, ihn zurückzuziehen. Er ist nicht nur ziemlich groß, sondern auch pitschnass. Als Dirk zurückkommt, sitzt das Kalb schon halb auf meinem Schoß und will gerade mein Gesicht beschnuppern.

„Hau ab, du blödes Vieh!", sagt Dirk und zerrt mit aller Kraft am Hundehalsband.

„War der Köter etwa an meinem Essen?"

Ich halte es für schlauer, mit Nein zu antworten, obwohl das Tier, wenn man genau hinsieht, noch kaut.

Als ich aufstehe und meinen Teller in Sicherheit bringen will, kommt eine zierliche Frau mit blonden Locken durch die Tür.

„Na endlich!", schimpft Dirk. „Nimm sofort deine Töle hier weg! Die tropft mir alles voll!"

„Halloo?!?", sagt die Blondine mit blitzenden Augen. „Es regnet draußen! Da wird man nun mal nass!"

„Sehr richtig. Und deswegen gehst du jetzt ins Bad und trocknest euch beide ab."

„Stell dich nicht so an! Was sollen wir hier denn dreckig machen?"

„Wenn du mir blöd kommst, kannst du direkt wieder gehen!"

Das Blondchen holt tief Luft und öffnet den Mund, als sie mich plötzlich bemerkt.

„Oh", sagt sie peinlich berührt. „Da ist ja noch jemand."

Verlegen fährt sie sich durch die Haare, ehe sie mir die Hand hinstreckt. „Ich bin Annette. Die Schwester von diesem Spießer hier."

„Markus", sage ich ungerührt. Sie versucht es mit einem Lächeln, scheint auf weitere Erklärungen zu warten, aber ich finde, mein Vorname genügt erst mal. Dirk sieht auch keinen Grund, uns miteinander bekannt zu machen. Außerdem wird mein Essen gerade kalt.

Dirk setzt sich wieder neben mich, sticht beherzt in sein Gyros, genau an der Stelle, über die der Hund gerade gesabbert hat. Ich tue so, als ob nichts wäre.

„Komm, Tessa, wir gehen uns abtrocknen", sagt Blondie und schiebt das Tier ins Bad.

Die Dame in der Küchenkulisse verkündet soeben freudestrahlend, dass nur noch fünf Exemplare der Wunderpresse vorrätig seien.

„Ja, Debbie, das überrascht mich nicht!", sagt ihr Kollege und stopft eine halbe Ananas in den Entsafter. Der Counter am rechten oberen Bildrand springt in diesem Moment von *fünf* auf *vier* um.

„Was seht ihr euch denn da für einen Mist an?", mosert die Blonde, als sie zurückkommt. „Das ist ja wohl das Hirnloseste, was im deutschen Fernsehen geboten wird."

„Ich gucke das gerne", sagt Dirk.

Sie hockt sich im Schneidersitz auf den Boden, den großen Hundekopf in ihrem Schoß.

„Mach das doch mal aus! Wir können doch Musik hören."

„Ich gucke das gerne", wiederholt Dirk, „und der

41

Markus hier auch."

Ich nicke, obwohl das eine glatte Lüge ist.

„Man muss sich nur mal ansehen, wie schlecht das synchronisiert ist", zetert Blondie weiter. „Die bewegt die Lippen, da ist der Ton längst verklungen."

„Quatsch", sagt Dirk. „Das ist alles live. Man kann da jetzt anrufen, wenn man will."

„Kann man", pflichte ich ihm bei. „Alles live."

„Guck doch hin!", schimpft das Blondchen.

In der Tat laufen in diesem Moment Bild- und Tonspur völlig auseinander, aber darum geht es nicht. In einem Gefecht wie diesem muss jeder seine Stellung beziehen. Entweder Dirk und ich oder ich und Blondie. Da ist der Fall klar. Wir waren gerade so schön relaxed. Nun kommt sie hier rein und strengt uns an.

„Ich mache das jetzt aus!", zischt sie und schnappt sich die Fernbedienung vom Tisch.

„Spinnst du? Du kannst doch nicht einfach die Glotze ausschalten! Wir haben das gerade geguckt!"

„Jetzt nicht mehr", sagt Blondie. „Jetzt lege ich Musik auf."

Vorher zieht sie sich noch ihren klammen Pullover über den Kopf und hängt ihn zum Trocknen über die Heizung.

„Verdammt, mein T-Shirt ist auch nass", sagt sie. „Guck mal, das klebt richtig an meiner Brust."

Ich bemühe mich, ganz woanders hinzugucken, aber wohin? Der Fernseher ist ja jetzt aus.

„Ich nehme mir mal was Trockenes aus deinem Schrank, okay?"

„Mach, was du willst", sagt Dirk.

Sie verschwindet im Schlafzimmer und kommt kurz darauf in einem langärmeligen, viel zu großen Metallica-T-Shirt zurück, das ihr fast bis auf die Knie hängt. Niedlich ist sie schon, denke ich, während ich mir den letzten Bissen in den Mund schiebe, aber sie verbreitet eine Unruhe, dass es nicht mehr feierlich ist.

„Sag mal, hast du immer noch keinen Kleiderschrank?", meckert sie gleich wieder los. „Deine Bude sieht echt aus wie Sau. Kein Wunder, dass du ständig Stress mit deiner Ex hast."

Ich sehe Dirk an. Er führt die Flasche zum Mund und nimmt einen beeindruckenden Schluck.

„Gestern habe ich sie übrigens gesehen."

„Wen?"

„Na, Anja und Nick. Und ihren neuen Loverboy, diesen Mr. Universum für Arme. Rate mal, wo das war?"

„Keine Ahnung. Interessiert mich auch nicht."

„Im Baumarkt!", sagt Blondie triumphierend. „Sie haben alles Mögliche gekauft. Tapeten, Farbe, das ganze Anstreicherzeug. Wetten, dass die zusammenziehen? Zu diesem Holger, so heißt der nämlich."

„Ich weiß, wie der heißt."

„Katrin sagt, der hat ein Haus geerbt, mitten in der Stadt."

„Woher will die das denn wissen?"

„Von Rainer natürlich. Der geht doch zu diesem Holger in die Muckibude."

„Und wenn schon. Interessiert mich trotzdem nicht."

Äußerlich wirkt Dirk ganz ruhig. Er hält die Bierflasche in der Hand und fixiert mit seinem Blick einen Punkt an der Wand, irgendwo oberhalb von Blondies Kopf. Vor ein paar Wochen hat er mal erwähnt, dass er einen Sohn hat, den er aber nur selten sieht. Ansonsten habe ich keine Ahnung, wovon hier die Rede ist.

„Mensch, Dirk, wach auf!", schimpft Blondie. „Die bauen sich ein kuscheliges Nest, machen schön auf Familie, während du hier in dieser Müllkippe hockst und nichts mitkriegst!"

Ruckartig stellt Dirk die Flasche auf den Tisch, so ruckartig, dass es schwappt.

„Annette, ich weiß das alles!", brüllt er. „Denkst du, ich bin blöd? Okay, ich habe lange im eigenen Saft gelegen, habe alles schleifen lassen, aber das ist vorbei! Hier wird nicht mehr rumgesaut."

Wie zum Beweis nimmt er eine von den Pommesbuden-Servietten und wischt das übergeschwappte Bier vom Tisch.

„Was meinst du, warum Markus hier ist?", sagt er und zeigt auf mich. „Ich habe ein Bett gekauft für Nick, und ein Regal. Das wollen wir gleich zusammenbauen …"

„Du hast ein Regal gekauft!", fällt Blondie ihm höhnisch ins Wort. „Da wird Nick sich aber freuen! Ich wette, wenn hier ein Regal steht, kommt der Junge jede Woche zu dir!"

„Raus!", sagt Dirk. „Nimm deinen Köter und hau ab!"

„Du schmeißt mich raus? Weil ich dir die Wahrheit gesagt habe über deinen Saustall hier?"

„Jetzt streitet euch doch nicht …", rufe ich in eine Pause hinein, aber niemand beachtet mich. Sie stehen sich gegenüber, wild gestikulierend, und brüllen sich ins Gesicht. Der Hund beginnt zu knurren, irgendwann bellt er.

„Aus, Tessa!", keift Blondie. Dann schnappt sie sich ihre Sachen und verschwindet so grußlos, wie sie gekommen ist.

„Willst du noch ein Bier?", fragt Dirk, als die Schockstarre überwunden ist.

Ich muss noch fahren. Aber es würde den Abend vollends ruinieren, wenn ich jetzt Nein sage. Nach dem fetten Essen wird es gehen, rede ich mir ein.

„Sollen wir dann mal so langsam?", frage ich, nachdem ich die neuen Flaschen aufgehebelt habe.

Wir blicken auf die Ikea-Kartons, die hinter der Tür an der Wand lehnen. Anstelle einer Antwort setzt Dirk sich wieder zu mir aufs Sofa und knibbelt am Etikett seiner Bierflasche herum.

„Gibt es etwas in deinem Leben, das du bereust?", fragt er plötzlich.

„Klar", sage ich. „Bei der letzten WM zum Beispiel, da habe ich über 100 Euro für Panini-Sticker ausgegeben. Schlappe 200 Tüten habe ich gekauft, mit jeweils fünf von diesen Sammelbildchen. Im Supermarkt, an der Trinkhalle, sogar in der Kantine lagen die Dinger rum. Und mir fehlten immer die Holländer."

„Das meine ich nicht", sagt Dirk. „Ich meine einen

Fehler, den du gemacht hast, eine Riesendummheit, die dir unendlich leid tut."

Ich denke kurz nach. In meinem Leben ist nichts passiert, jedenfalls nichts, was ich hier erzählen müsste.

„Und dann bittest du um Entschuldigung", sagt Dirk. „Du kriechst im Dreck vor dem Menschen, den du verletzt hast, aber er verzeiht dir einfach nicht. Du kannst es nicht wieder gutmachen. Nie wieder."

„Das ist übel", stelle ich fest.

„Es ist das Allerschlimmste. Die absolute Hölle."

„Andererseits", gebe ich zu bedenken, „was nicht ist, ist eben nicht. Weg mit Schaden."

„Es ist aber nicht irgendein Mensch. Es ist der, den du über alles liebst."

„Ach so."

Ich nehme einen ordentlichen Schluck aus der Pulle. Wenn ich mich unwohl fühle, trinke ich immer zu schnell. Eigentlich bin ich gekommen, um ein paar Bretter festzuhalten. Wieso sitze ich jetzt hier und führe mit Dirk dieses Frauengespräch? Daran ist doch nur Blondie Schuld. Sie hat ihn vollkommen irre gemacht. Er redet und redet. Von Anja, seiner großen Liebe und von Holger, ihrem neuen Freund. Er zeigt mir ein Foto seines Sohnes, das er im Portemonnaie hat, und die Scheidungspapiere, die ihm zufällig in die Hände fallen, als er eine CD auflegen will.

„Sie nehmen ihn mir weg, verstehst du? Sie wollen mir meinen Jungen wegnehmen."

„Das geht doch gar nicht", wende ich ein. „Da gibt es doch Auflagen, vom Gericht und so. Du hast ein Recht, ihn zu sehen. Du bist schließlich sein Vater."

Ich drehe mich zur Seite und sehe, dass er sich die Augen reibt. Auf einmal tut er mir leid, aber was soll ich machen?

„Was sagt denn dein Anwalt?", frage ich, weil mir nichts Besseres einfällt.

„Ich habe keinen."

„Dann solltest du dir schleunigst einen suchen."

„Wozu?", meint er zynisch. „Das läuft doch ganz anders. Sie bearbeiten einfach den Jungen. Du hättest Nick mal hören sollen, gestern am Telefon. Holger hier, Holger da. Ein Smartphone hat er ihm gekauft, mal eben so zwischendurch, und in den Osterferien wollen sie nach Ägypten. Sharm-El-Sheikh! Da kann ich natürlich nicht gegen anstinken."

„Ach was", sage ich, „Geld ist nicht alles im Leben. Und Blut ist dicker als Wasser."

Jede weitere Binsenweisheit 50 Cent, setze ich in Gedanken noch hinzu. Dirk schüttelt den Kopf.

„Du verstehst das nicht", sagt er. „Du hast keine Kinder."

Für einen Moment herrscht Stille. Dirks Flasche ist fast leer. Er nimmt den letzten Schluck und stellt sie zu dem übrigen Leergut auf den Tisch.

„Nick ist noch nie geflogen", sinniert er weiter. „Das sind Sachen, die wollte ich eines Tages mit ihm machen. Was hat dieser Holger damit zu tun?"

Sein Blick wird immer wässriger. Er kämpft mit den Tränen, hat sich aber noch im Griff.

„Als Nick klein war", sagt er, „da hat er Pseudo-

Krupp gehabt. Ich bin mit ihm auf den Balkon gerannt, wenn er seine Anfälle bekam, drei, vier Mal in einer Nacht. Einmal waren wir sogar in der Klinik, weil wir dachten, er erstickt uns, einfach so, unter unseren Händen. Später bin ich dann mit ihm zum Logopäden gefahren. Mit sieben hat er immer noch gelispelt, aber das hat sich gegeben, weil wir so fleißig geübt haben. Ich habe ihm das Schwimmen beigebracht, im Urlaub an der Ostsee, und das Radfahren. Wie die Uhr geht, habe ich ihm erklärt und wie man Skat spielt. Und jetzt kommt Super-Holger und glaubt, ich schenke ihm das alles? Denkt dieser Penner wirklich, ich schenke ihm meinen Sohn?!"

Er beugt sich vornüber, kneift die Augen zusammen, aber mit der Selbstbeherrschung ist es vorbei.

„Tut mir leid, Dirk", sage ich und lege ihm die Hand auf die Schulter. „Wenn ich dir irgendwie helfen kann …"

„Ich muss den Arsch hochkriegen, muss dafür sorgen, dass Nick sich hier wohlfühlt, verstehst du?"

Ich nicke.

„Deshalb habe ich ja auch das Regal gekauft. Ohne Regale kann man keine Ordnung halten. Da kann man den Boden nicht wischen, da kommt eins zum anderen, und plötzlich weiß man nicht mehr, wo man anfangen soll."

„Du hast recht", stimme ich ihm zu, „das Regal ist der Schlüssel zu allem. Am besten fangen wir damit an."

„Danke", sagt Dirk und ergreift vor lauter Rührung

meine Hand. „Du bist ein echter Kumpel."

„Kein Problem", behaupte ich und trinke noch schnell meine Flasche aus. „Du wirst sehen, in einer halben Stunde sieht das hier schon ganz anders aus."

Wir nicken uns aufmunternd zu.

„Wo soll das Regal denn hin?", frage ich.

„Hier vorne an die Wand."

An der Stelle, auf die er zeigt, steht im Moment noch seine Sporttasche, und daneben liegt ein Stapel Schallplatten, den ich gerne mal durchgucken würde. Dirk kann kein schlechter Mensch sein, wenn er seine Plattensammlung noch hat. Andererseits haben wir schon genug Zeit vertrödelt, also schiebe ich alles einen Meter zur Seite und helfe Dirk, den Karton mit den Regalbrettern auf den Boden zu legen.

„Hast du mal ein Teppichmesser?", frage ich, nachdem ich eine Zeit lang vergebens an dem Klebeband gezerrt habe.

„Nee, aber eine Schere muss hier irgendwo rumliegen."

Er kratzt sich am Kopf, dreht sich langsam um die eigene Achse und geht dann in die Küche, wo ich ihn in einer Schublade kramen höre. Schranktüren werden geöffnet und wieder zugeklappt. Diese Schere kann anscheinend überall sein. War das etwa die Kühlschranktür, die da gerade gequietscht hat?

„Ich habe uns noch ein Bier mitgebracht", sagt Dirk, als er zurückkommt.

„Für mich nicht mehr!", rufe ich schnell. „Ich muss noch fahren."

„Wie du meinst." Er räuspert sich. „Also, die Schere muss wohl doch in diesem Raum sein."

„Dann nimm doch ein Schälmesser!", schlage ich vor. Mein Geduldsfaden ist zum Zerreißen gespannt. „Du wirst doch irgendein Messer haben!"

Dirk ignoriert mich einfach. Er guckt in den Altpapierhaufen, in dem er vorhin schon den Flaschenöffner vermutet hat. Am besten helfe ich ihm einfach beim Suchen. Mit spitzen Fingern lüfte ich noch mal die Wäschestücke an, die ich vor einer halben Stunde in die Sofaecke geschoben habe. Unwahrscheinlich, die Schere ausgerechnet dort zu finden, aber wundern würde mich hier nichts mehr. Dirk findet auch so einiges.

„Guck mal!", sagt er plötzlich und hält mir eine CD-Hülle unter die Nase. „Habe ich mir gestern gekauft. *Need for Speed* für die Playstation 3. Hast du Lust, 'ne Runde zu daddeln?"

„Jetzt? Ich denke, du willst den Arsch hochkriegen!"

„Du fährst da nicht immer im Kreis", sagt er, „du fährst ein Straßenrennen von San Francisco nach New York. Das ist richtig geil. Komm schon, nur mal kurz reingucken! Das dauert doch nicht lange!"

Er packt das nicht, denke ich, während er sich mein Feuerzeug geben lässt und ich ihm dabei zusehe, wie er ganz in Gedanken beide Bierflaschen öffnet. Alleine packt er das nicht.

Frau Edeka macht Mittag

Kurz nach dem Essen, so gegen 14 Uhr, packt mich das Schnitzelkoma. Bleischwere Augenlider, Gähnattacken, keine Lust auf gar nichts. Mit letzter Kraft schleppe ich mich in den Keller. Die Waschmaschine ist gerade fertig, und den Trockner kann ich wohl noch anschmeißen, aber dann brauche ich eine Pause. Kaffee oder Sofa?

Anna ist in der Küche und führt dort leise Selbstgespräche. Wenn ich mir jetzt einen Kaffee mache, habe ich sie an der Backe. Wenn ich aber die Clogs ausziehe und auf Zehenspitzen hinter ihrem Rücken ins Wohnzimmer schleiche, bemerkt sie mich vielleicht gar nicht. Nur wenige Schritte trennen mich noch von unserem Sofa, das seit Kurzem kein Sofa mehr ist, sondern eine moderne Wohnlandschaft in dunkelbraunem Lederlook. Geschafft!

Ich erreiche das 2,70 Meter lange Sitzmöbel und lege mich flach auf den Rücken. Jetzt muss es schnell gehen mit der Entspannung. Augen zu, Mund locker lassen und immer schön atmen. Geh mit deiner Aufmerksamkeit zu deiner rechten Hand. Deine rechte Hand ist angenehm schwer.

Oder warm? Verdammt. Wie war das noch mal mit dem autogenen Training? Kaum ist der Kurs zu Ende, habe ich schon wieder alles vergessen.

Atmen war jedenfalls wichtig. Bis in die Füße atmen. Die Zunge berührt den Gaumen nicht. Auch nicht die Zähne. Ach ja, beim Zahnarzt wollte ich noch anrufen.

Und den Wäschetrockner muss ich bestimmt noch mal nachstellen. War das der Briefkasten, der da gerade geklappert hat? Jetzt hör doch mal auf! Geräusche sind nicht wichtig. Lass sie einfach los. Lass alles los. Verlasse das Hier und Jetzt und gehe mit deiner Aufmerksamkeit …

„Mama? Schläfst du?"

„Anna!", stöhne ich. „Du hast mich erschreckt."

„Spielst du was mit mir?"

„Jetzt nicht, Anna. Ich entspanne mich gerade."

Schnell schließe ich wieder die Augen. Auch ohne hinzugucken weiß ich, dass sie gerade einen Flunsch zieht. Seit fünf Jahren geht das schon so. Immer muss ich parat stehen. Aber ein paar Minuten brauche ich auch mal für mich. Ich bin so was von müde.

„Wir können ja später noch zusammen spielen", sage nicht ich, sondern mein schlechtes Gewissen, das immer gleich dazwischenquatschen muss.

„Okay", mault Anna und schiebt ab.

Nach nicht einmal einer Minute steht sie wieder neben mir.

„Weißt du was, Mama? Ich entspanne mich mit dir."

Ohne mein Einverständnis abzuwarten, klettert sie auf meinen Bauch und rumpelt darauf herum. Sie sucht die beste Liegeposition, findet sie aber nicht.

„Wenn du nicht still hältst, musst du wieder runter."

Sie gelobt Besserung und gibt mir ein Küsschen auf die Wange. Für einen Moment glaube ich, es könnte funktionieren. Wir kuscheln uns aneinander und liegen relativ ruhig.

„Mama? Was hast du da in der Nase?"

„Nichts."

„Doch", sagt sie. „Spinnweben."

„Ich habe doch keine Spinnweben in der Nase", entrüste ich mich, bis mir klar wird, sie meint diese kleinen Härchen, die ich neulich auch schon entdeckt habe. Man wird ja nicht jünger, und plötzlich wachsen einem Haare an Stellen, an denen sie nun wirklich nichts verloren haben. Aber da ich relativ klein bin und mir selten jemand von unten in die Nasenlöcher guckt, sah ich bislang keinen Handlungsbedarf.

Wir ruhen uns weiter aus. 30 Sekunden etwa. Dann macht sie mahlende, ungesund klingende Geräusche mit ihren Zähnen. Direkt in mein Ohr.

„Anna!", sage ich entnervt. „Lass das bitte!"

Dem Ganzen liegt schlicht und ergreifend ein Denkfehler zugrunde. Die Idee des Entspannens setzt voraus, dass man dabei alleine ist. Viele Dinge kann man mit anderen gemeinsam tun, aber entspannen kann sich nur jeder selbst. In Gesellschaft einer Fünfjährigen, die sich langweilt, funktioniert es jedenfalls nicht.

„Komm, Anna, wir setzen uns wieder hin", sage ich und schiebe sie sanft von mir runter.

„Entspannst du dich jetzt nicht mehr?"

„Doch", entgegne ich. „Aber ich möchte dabei sitzen."

„Wollen wir mit der Küche spielen?"

Die Oma hat ihr zu Weihnachten eine dieser Mini-Einbauküchen aus Vollplastik geschenkt. Die steht nun mitsamt der Mikrowelle und der integrierten Friteuse in unserer echten Küche, wo sie mir trotz des Prädikats „Mini" entschieden zu viel Platz wegnimmt.

„Gleich", sage ich. „Erst will ich noch in die Zeitung gucken."

„Gut", sagt Anna, die immer schnell mit allem einverstanden ist. „Dann bereite ich schon mal was vor."

„In fünf Minuten komme ich, okay?"

Ich hätte irgendeine Zahl nennen können. Sie hat ohnehin noch keine Vorstellung davon, wie lang eine Minute ist. Und wenn sie erst mal mit ihren Kunststoff-Koteletts beschäftigt ist, so meine Theorie, wird sie mich wieder vergessen.

Die Tageszeitung liegt vor mir auf dem Tisch. Ich nehme sie und überfliege die Überschriften. Im Öffentlichen Dienst wird morgen wieder gestreikt. Von mir aus. Die Mülltonnen sind noch nicht dran, und ins Büro fahre ich immer mit dem Auto.

Was haben wir noch? Eine neue Studie zum Brotkonsum der Deutschen. Die Zufriedenheit von Kindern haben sie wieder mal erforscht, und irgendjemand hat einen Vitamin-D-Mangel bei verschleierten Frauen festgestellt. An Studien herrscht kein Mangel, denke ich, nur an Erkenntnissen. Plötzlich höre ich hinter mir einen dumpfen Knall.

„Anna?"

„Jaaaa?"

„Ist was passiert?"

Nach einer Pause: „Nö, nö."

Ich überlege, ob ich aufstehen und nachsehen soll, aber ich habe mich doch eben erst hingesetzt. Nicht einen Artikel konnte ich in Ruhe lesen.

Man soll nicht immer gleich nachsehen. Das Kind kommt schon klar, rede ich mir ein, da knallt es erneut. Diesmal direkt hinter meinem Rücken. Als ich mich umdrehe, sehe ich Anna, die ihre Spielküche offenbar zu mir ins Wohnzimmer schieben will und dabei jeden Türrahmen mitnimmt, der sich ihr in den Weg stellt.

„Das geht nicht, Anna! Die hat doch gar keine Räder!"

„Doch!", sagt sie. „Das geht. Du kannst ruhig Zeitung lesen. Ich koche dir schon mal was."

Es hat keinen Sinn, es ihr auszureden. Sie würde doch nicht auf mich hören oder käme gleich darauf mit etwas anderem an. Also helfe ich ihr, die Küche vor unser Sofa zu tragen und wende mich wieder meiner Zeitung zu.

„So, Mama, was möchtest du denn essen?"

„Anna, ich lese jetzt die Zeitung. Du kannst machen, was du willst."

Sie überlegt einen Moment, was sie darauf antworten soll, ehe sie sagt: „Möchtest du Spaghetti oder lieber Bratkartoffeln?"

„Anna!"

Ach, was soll's? Wozu bin ich denn eine Frau? Im Restaurant kann ich mich doch auch mit meinem Mann unterhalten und gleichzeitig die Gespräche an den Nachbartischen verfolgen.

„Bratkartoffeln", murmle ich und lese dabei weiter.

„Dann haben wir ein Problem", sagt Anna. „Die Bratkartoffeln sind nämlich alle. Möchtest du vielleicht

Pommes?"

„Okay."

„Du kannst aber auch Spaghetti haben. Spaghetti gab's ja auch. Weißt du noch?"

Es ist doch sowieso nur Luft, schießt es mir durch den Kopf. Einen Teller aus Fantasie wird sie mir gleich servieren, denn sie hat weder Spaghetti noch Bratkartoffeln in ihrer Gourmet-Küche de Luxe. Ist es da wirklich so wichtig, wofür ich mich entscheide? Sie sieht mich traurig an.

„Macht es dir keinen Spaß, Mama?"

„Doch", schwindle ich. „Es macht mir immer Spaß, mit dir zu spielen. Aber ich hatte einen anstrengenden Vormittag. Ich bin etwas müde."

Sie setzt sich neben mich aufs Sofa und guckt interessiert in die Zeitung.

„Was liest du denn da?"

Ich lese gerade etwas über einen texanischen Waffensammler, der seine Mutter heimtückisch ermordet hat. Nicht etwa mit einer seiner unzähligen historischen Knarren, sondern mit ihrem eigenen Bügeleisen. Das möchte ich meiner Tochter nicht erzählen.

„Ach, das ist alles Quatsch", sage ich nur. „Nichts für Kinder."

„Gut", sagt Anna. „Dann lese ich dir was vor."

Sie nimmt den Lokalteil und entdeckt ein Bild unseres Oberbürgermeisters, wie er gerade im dunklen Anzug auf einer Baustelle herumsteht und, umringt von lauter Würdenträgern, den symbolträchtigen ersten Spatenstich tut.

„Der Bauer freut sich", liest Anna. „Das Wetter ist
schön. Die Kartoffeln werden bald wachsen. Die Menschen freuen sich auch, denn sie mögen die Bratkartoffeln so gerne."

Ich habe eine wunderbare Tochter, denke ich, während ich ihr lächelnd über den Kopf streiche. Ich sollte
mir mehr Zeit für sie nehmen, anstatt mich mit blöd-
sinnigen Nachrichten rund um den Globus abzulenken.

„Komm, Schatz, was sollen wir spielen?"

„Kaufmannsladen!", ruft sie begeistert. „Ich bin die
Frau Edeka und du kaufst bei mir ein."

Gesagt, getan. Mithilfe der Küchenutensilien errichtet Anna auf unserem Couchtisch eine provisorische
Ladentheke. Dann holt sie noch schnell die Scanner-
kasse aus ihrem Kinderzimmer, und schon kann es
losgehen. Ich bin wild entschlossen, ihr diesmal meine
ganze Aufmerksamkeit zu schenken. *Quality Time* werden wir miteinander verbringen, wie es in den Eltern-
zeitschriften neuerdings heißt.

Schon nach kurzer Zeit läuft es ähnlich schleppend
wie vorhin mit der Küche. Ich verlange ein Kilo Bana-
nen, zeige dabei fröhlich auf die quietschgelben Plastik-
früchte direkt vor meiner Nase, und was macht Anna?
Sie behauptet, dass das heute ausnahmsweise mal Bohnen wären.

„Warum?", frage ich erstaunt.

„Nur so", sagt sie. „Im Spiel. Es könnten doch auch
Bohnen sein."

„Gut, dann hätte ich gerne fünf von diesen ziemlich
dicken, gelben Bohnen."

Das findet sie lustig. Sie zielt mit der Scannerpistole auf die Plastikbananenstaude und legt sie mir hin.

„Das macht dann 100 Euro."

„Oh", sage ich. „Ganz schön teuer für ein bisschen Obst."

„Gemüse", belehrt sie mich. „Es sind doch Bohnen, Mama, oder hast du das schon wieder vergessen?"

Altklug ist sie auch noch.

„Du kannst ruhig noch mehr kaufen", sagt sie und empfiehlt mir frische Erdbeeren. Zwei dieser Früchte hat sie in ihrem Körbchen. Eine große aus Holz und eine etwas kleinere aus Plastik. Ich entscheide mich für die Holzbeere, aber aus irgendeinem Grund wäre es Anna lieber, ich würde die andere nehmen.

„Gut", sage ich, „dann eben die!", und bekomme beide. Mit Möhren, Tomaten und Weintrauben verhält es sich ganz ähnlich. Keine Ahnung, worin der Reiz liegt, mir dauernd zu widersprechen, aber mit der Zeit macht es mich rasend. Ich will mich nicht mehr unterhalten. Ich will einfach nur meine Ruhe.

„Frau Edeka macht jetzt Mittag", beschließe ich. „Und mittags geht sie immer spazieren."

Der Himmel ist grau. Ein leichter Wind zieht auf. Der Spielplatz ist wahrscheinlich noch nass von heute morgen. Anna will nicht nach draußen.

„Ach, komm, nur eine halbe Stunde", sage ich und zwinge sie, ihre Gummistiefel anzuziehen. Nur mal kurz vor die Tür, was anderes sehen und frische Luft schnappen. Als wir gerade angezogen sind, fängt es an zu regnen.

„Ich will da nicht raus!", heult Anna, als ich die Haustür öffne und die kalte Luft uns entgegenpeitscht.

„Ist ja gut. Es hat keinen Zweck."

Wir ziehen die Jacken und die Schuhe wieder aus. Schon wieder sind zehn Minuten vergangen. Es ist jetzt kurz vor drei. Wie lange dauert es noch, bis Torben nach Hause kommt? Mindestens zwei Stunden, eher drei. In letzter Zeit bleibt er oft verdächtig lange im Büro. Und wenn ich doch den Fernseher einschalte? Nur für eine halbe Stunde? Danach können wir ja wieder was zusammen spielen.

Einfach ich selbst

„Mama? ... Ich bin's. ... Ein Glück, dass du da bist. ... Mir geht's nicht gut."

„Dir geht's nicht gut? Warum? Bist du krank?" Ihre Stimme klingt, als spräche sie in einen leeren Joghurtbecher hinein. Wahrscheinlich hat sie das Telefon gar nicht am Ohr, sondern irgendwo auf dem Tisch liegen.

„Nein, Mama, krank bin ich nicht", sage ich leicht angespannt. „Es ist wegen morgen. Um neun habe ich doch diesen Termin bei Wellerhoff & Partner."

Vor zwei Monaten habe ich meinen Master in Betriebswirtschaftslehre gemacht. Acht Bewerbungen habe ich seitdem verschickt und sieben Absagen erhalten. Morgen früh nun endlich das erste Vorstellungsgespräch. Wieso weiß sie da nicht gleich Bescheid? Sie ist doch meine Mutter!

„Morgen schon?", fragt sie.

Man merkt, dass sie nicht bei der Sache ist. Im Hintergrund klappert Geschirr. Vielleicht räumt sie gerade die Spülmaschine aus. Dann plötzlich ein Geräusch, wie wenn ein Topfboden gescheuert wird.

„Mama, hör mir doch bitte mal zu!"

„Ich höre dir zu! Erzähl ruhig."

Es läuft nicht nach Plan. Schon den Einstieg hatte ich mir ganz anders vorgestellt.

„Ich weiß nicht", stammle ich. „Es hängt so viel davon ab. Bestimmt kann ich heute Nacht nicht schlafen."

„Soll ich dir Baldriantropfen vorbeibringen?", knirscht es zwischen den Putzgeräuschen hindurch.

„Oder lieber gleich etwas Stärkeres? Ich habe auch Schlaftabletten …"

„Mama, ich wollte doch nur mal mit dir reden …"

Es war ein Fehler, denke ich. Was hat mich bloß dazu getrieben? Man sagt, dass selbst die härtesten Männer nach ihrer Mama weinen, wenn sie verwundet im Schützengraben liegen. Vorhin, als es dunkel wurde und plötzlich diese eiskalte Hand nach meinem Herzen griff, dachte ich, es wäre schön, ihre Stimme zu hören. Dabei ist es immer dasselbe. Ich suche Zuneigung und sie bietet mir Tabletten an.

Auf die Idee, mich zu betäuben, bin ich allerdings schon selbst gekommen. Der Merlot vom Discounter steht in einer Literflasche mit Schraubverschluss vor mir auf dem Tisch. Geöffnet. Rotwein muss schließlich atmen. Ich denke, ich werde mir noch ein zweites Glas genehmigen.

„Du schaffst das schon", sagt meine Mutter plötzlich.

Da ist Wärme in ihrer Stimme und Zuversicht. Ich lehne mich zurück und fühle mich ganz lieb gedrückt. Na bitte, es geht doch, denke ich. Sie hat aufgehört, ihre Töpfe zu scheuern, hält sich inzwischen sogar den Hörer an die Backe. Ich will ihr gerade sagen, wie gut mir das tut, als sie mich unterbricht.

„Mach dir aber *bitte* keinen Zopf! Bei deinem Gesicht sieht das unmöglich aus! Wie ein Ei im Glas."

Das Kind, das nach all den Jahren noch immer in mir wohnt, fängt an zu rumoren. Bockig verschränkt es die Arme.

„Mama, ich habe mir seit Jahren keinen Zopf mehr

gemacht …"

„Kein Wunder! Es steht dir ja auch nicht."

„Das findest du, Mama! Sonst hat mir das noch niemand gesagt."

„Bitte! Du bist alt genug. Wenn du dich unbedingt blamieren willst, mach dir ruhig einen Zopf!"

„Mama, ich habe doch gerade gesagt …"

Stopp. Schluss jetzt. Ich pfeife mein inneres Kind zurück. Nur weil meine Mutter mich immer noch behandelt wie eine Fünfjährige, muss ich mich ja nicht so benehmen. Einatmen, ausatmen, langsam bis zehn zählen. Thema wechseln. Aber da geht es auch schon weiter.

„Hauptsache, deine Schuhe sind sauber", erklärt meine Mutter. „Glaub mir, auf solche Dinge achten sie. Hast du die noch mal geputzt?"

„Brauche ich nicht, Mama. Ich habe mir extra neue gekauft."

„Tatsächlich? Macht man das heute so? Neu kaufen statt putzen. Früher hatten wir das Geld nicht so locker sitzen. Aber heute wird ja alles sofort weggeworfen."

Schnaubend lege ich meine linke Hand in meinen Nacken, massiere die verkrampfte Schulter. Das Blut in meiner Halsschlagader pulsiert ungewöhnlich schnell.

„Ich habe die Schuhe nicht *weggeworfen*", schimpfe ich, „ich will sie nur morgen nicht anziehen! Weil sie nicht zu meinem Hosenanzug passen."

Meine Mutter ist immer noch die Ruhe selbst.

„Was denn für ein Hosenanzug?", fragt sie erstaunt. „Ziehst du etwa keinen Rock an? Dann lauf aber nicht wieder wie ein Bauerntrampel. In Hosen machst du immer so große Schritte. Das sieht nicht schön aus bei einer Frau, das habe ich dir schon so oft gesagt!"

„Ja, Mama, du hast mir alles oft genug gesagt. Hör endlich auf damit! Ich kann das jetzt nicht brauchen."

„Was?", fragt sie gereizt. „Was kannst du nicht brauchen?"

„Dass du mich immer nur schlecht machst. Kannst du mir nicht einfach mal etwas Nettes sagen?"

„Ich? Ich mache dich doch nicht schlecht! Ich bin deine Mutter!"

Und beleidigt setzt sie hinzu: „Ich gebe dir lediglich ein paar Ratschläge."

„Gut, Mama. Dann hör eben auf, mir Ratschläge zu geben!"

„Also, so was! Du hast *mich* doch angerufen!"

„Ja, natürlich! Ich dachte, du könntest mir helfen!"

Wie kann es sein, dass meine Mutter und ich so verschieden sind? Unsere genetische Übereinstimmung müsste eigentlich 50 Prozent betragen. Manchmal glaube ich, ich habe nur die Nase von ihr. Alles andere ist mir vollkommen fremd. Sie hört keine Musik, sie liest keine Bücher, sie geht nicht ins Theater. Stattdessen legt sie sich Frühstücksfleisch in Aspik aufs Brot und zieht sich vor jedem Fernsehabend erst mal einen Hausanzug aus rosa Nicki-Stoff an.

Vielleicht liegt es ja auch an mir. Vielleicht bin ich der komische Vogel, der kopfgesteuerte Zahlenmensch. Politik interessiert mich, und die Bankenkrise würde ich gerne besser verstehen. Deshalb habe ich jetzt die

Financial Times abonniert.

Wenn meine Mutter Zeitung liest, studiert sie als Erstes die Todesanzeigen.

„Man muss doch wissen, wer überhaupt noch lebt", sagt sie immer. Ihre Welt ist ihr Viertel, die Leute aus der Nachbarschaft, die sie als Fußpflegerin besucht und mit denen sie den neuesten Klatsch austauscht, während sie ihnen die Hühneraugen verpflastert. Die Leute sind das Wichtigste, und das, was sie von uns denken.

Vielleicht bin ich ja vertauscht worden, kurz nach der Geburt. Eine schusselige Krankenschwester hat mir das falsche Namensschild umgebunden, und die Frau, von der ich wirklich abstamme, mit der ich für mein Leben gerne mal ein gutes Gespräch führen würde, lebt ganz woanders.

Meine Mutter und ich, wir können uns jedenfalls nicht unterhalten. Auch dieses Mal hat es keine zwei Minuten gedauert, bis wir uns schwer atmend anschweigen. Ich habe immer noch 200 Puls, und sie schmollt.

Warum habe ich mich nicht mit Jana verabredet, so lange noch Zeit dazu war? Sie wollte ins *Sausalitos*. Da ist heute wieder Cocktailabend mit ihren Mädels, Happy Hour ab zehn. Ich hätte einen *Sex on the Beach* trinken können, Leute beobachten, einfach Spaß haben. Aber ich bin ja so bekloppt vernünftig, wollte unbedingt früh ins Bett gehen, um morgen gut ausgeschlafen zu sein.

„Hast du sie denn jetzt an, die neuen Schuhe?", fragt meine Mutter mitten in meine Gedanken hinein.

„Jetzt? Mama, ich liege auf dem Sofa und gucke

Fernsehen."

„Und morgen hast du dann Blasen! Neue Schuhe muss man doch einlaufen! Sonst fängst du womöglich noch an zu humpeln …"

„Mama, es reicht jetzt wirklich! Ich habe mich eine Woche lang nur auf dieses blöde Gespräch vorbereitet. Zwei Bewerbungsratgeber habe ich gelesen. Ich weiß jetzt, dass ich die Leute mit Namen begrüßen muss und dass sie bereits von der Intensität meines Händedrucks erste Rückschlüsse auf meine Persönlichkeit ziehen werden. Ein übermäßig kräftiger Händedruck deutet auf Rücksichtslosigkeit und Angeberei hin, während ein normaler, fester Händedruck ein Zeichen von Aufrichtigkeit ist. Fühlt sich meine Hand schlaff an, so nach dem Motto *Halten Sie bitte mal den Lappen*, signalisiere ich dadurch Unsicherheit und Kontaktarmut. Man wird sich erkundigen, ob ich den Weg gut gefunden habe und mir ein Getränk anbieten. Cognac soll ich ablehnen, ebenso Kaffee, der zu schnell kalt wird, aber ein Mineralwasser oder ein Fruchtsaftgetränk können durchaus erfrischend wirken. Anschließend werde ich aufgefordert, etwas über meinen bisherigen Werdegang zu erzählen. Darauf werde ich nicht antworten *Das steht doch alles in meinen Unterlagen*, sondern werde einen freien Vortrag halten, den ich zu Hause anhand von Notizen in einer kurzen und in einer ausführlichen Version geübt habe, so je nach Bedarf, und den ich an den richtigen Stellen mit ein wenig Humor auflockere.

Ich darf mich nicht am Kopf kratzen, am Ohrläppchen zupfen oder meine Finger ineinander verkrampfen. Darüber hinaus darf ich nicht mit dem Fuß wippen, und vor allem dürfen die Füße nicht um die Stuhlbeine herumgewickelt werden. Die Körperhaltung ist gelegentlich zu wechseln, ohne jedoch auf dem Stuhl herumzurutschen. Dabei ist mit offenem, freundlichem Blick der Gesprächspartner zu fixieren und nicht etwa die Tischplatte. Es geht noch weiter, aber ich muss erst mal Luft holen und einen Schluck Wein trinken!"

Meine Mutter nutzt die Gelegenheit, dazwischenzuquatschen.

„Ach, Kind!", sagt sie, und dabei höre ich ein Lächeln in ihrer Stimme. „Das ist mal wieder so typisch für dich. Meinst du nicht, es wäre besser, ganz natürlich zu sein? Einfach du selbst?"

Rollentausch

„Die Vivien", sagt die Kruse oben im ersten Stock, „die stinkt vielleicht! Nach Schweiß stinkt die und billigem Polyester."

Chiara, die gerade aus der Schule kommt und sich unten am Treppenaufgang ängstlich gegen die Wand drückt, weiß nicht, was die Kruse meint. Sie findet, ihre Mutter riecht ganz normal.

„Und fett ist die Vivien!", tönt die Kruse weiter. „Hast du dir ihren Bauch mal angeguckt? Als ob sie schon wieder einen Braten in der Röhre hätte."

Was denn für einen Braten, fragt sich Chiara. Sie essen doch immer nur Nudeln. Manchmal bestellen sie sich auch eine Pizza, wenn Mama zu müde zum Kochen ist.

„Na ja, wollen wir es mal nicht hoffen", sagt die Kruse. „Die ist doch mit zwei Kindern schon völlig überfordert. In der Schule erzählen sie, die Chiara hätte nur eine Jeans. Die wird dann nachts über der Heizung getrocknet, damit das arme Kind sie am nächsten Tag wieder anziehen kann."

Na und?, denkt Chiara, das ist doch eine prima Idee mit der Heizung. Die läuft sowieso immer, weil Mama es gerne warm hat.

„Und der Kleine", hetzt die Kruse weiter. „Der hat ganz schwarze Zähne im Mund. Die faulen ihm einfach so weg. Ein Verbrechen ist das."

Das sind doch nur Milchzähne, denkt Chiara, die braucht man nicht zu putzen, die fallen sowieso aus.

Weiß die Kruse das etwa nicht? Warum ist sie so gemein? Was hat sie eigentlich gegen die Mama? Am liebsten würde Chiara jetzt aus ihrem Versteck kommen, die paar Treppenstufen hochsteigen und der blöden Kuh tüchtig die Meinung sagen. Aber das traut sie sich nicht. Sie hat Angst vor der Kruse, sie hat vor allen großen Menschen Angst, und deshalb duckt sie sich noch ein wenig tiefer. Mit wem die da oben wohl redet? Man hört immer nur ihre Stimme.

„Für alles brauchst du hierzulande eine Qualifikation!", schimpft sie jetzt. „Zum Brotbacken oder zum Haarschneiden, selbst zum Tapetenkleben. Bloß Kinder großziehen, das darf bei uns jeder Asoziale …"

„Ach, hör doch auf!", sagt eine Stimme mit polnischem Akzent, die Chiara unwillkürlich zusammenzucken lässt. Es ist Antek, der wohnt im ersten Stock, gegenüber von der Kruse. „Kümmere dich um deinen eigenen Scheiß und lass mich damit in Ruhe!"

Dann geht er in seine Wohnung, lässt die Kruse einfach stehen, knallt sogar die Tür hinter sich zu.

Das war nett von ihm, denkt Chiara, obwohl sie vor Antek eigentlich die größte Angst hat. Er kommt manchmal rauf zu ihnen und trinkt Wodka mit Mama. Chiara mag Antek nicht. Sie verkriecht sich immer in ihrem Zimmer, wenn er da ist, und macht ihre Bibi-Blocksberg-CD ganz laut, damit sie seine Stimme nicht hören muss. Sie will gar nicht mitbekommen, was er zu Mama sagt und was dann manchmal auf der Couch passiert. Erst wenn er wieder weg ist, kann Chiara in Ruhe einschlafen.

Sie wartet nun, bis auch die Kruse die Tür hinter sich zugezogen hat. Dann läuft sie schnell nach oben. Sie hat einen Schlüssel, der an einer Kordel um ihren Hals hängt. Darauf ist sie sehr stolz, sie ist die Einzige in der zweiten Klasse, die anderen Kinder beneiden sie darum.

Als sie aufschließt, hört Chiara Stimmen aus der Wohnung. Sofort hält sie inne, öffnet die Tür nur einen Spaltbreit und sieht vorsichtig hindurch. Ihre Mutter steht in der kleinen Diele und hält Jason auf dem Arm. Da sind ein Mann mit einer schwarzen Aktentasche und eine Frau mit einem Nasenpiercing und einer lila Strähne im Haar. Die Frau hat Chiara bemerkt.

„Hallo! Komm ruhig rein", sagt sie lächelnd und legt den Kopf etwas schräg.

Chiara tut, was man ihr sagt. Was sind das für Leute? Warum hat Mama die hereingelassen? Sie sieht nicht glücklich aus, ihre Mama.

„Hallo!", sagt die Frau noch einmal. „Ich bin die Anke."

Chiara sagt nichts. Sie streift den Ranzen ab und stellt sich neben ihre Mutter. Dann nimmt sie Mamas Hand und drückt sie. *Sei nicht traurig, Mama*, soll das heißen.

Ihre Mutter trägt den pinken Bademantel mit dem weißen Häschenkopf auf der Brust, den sie eigentlich immer anhat, wenn sie zu Hause ist. Chiara mag den Bademantel, weil er schön flauschig ist und gut riecht. Manchmal, wenn ihre Mutter weggeht und sie mit Jason allein in der Wohnung lässt, zieht sie ihn heimlich an und kuschelt sich damit in Mamas Bett. Die Frau mit der lila Strähne im Haar scheint den Bademantel nicht so zu mögen.

„Warum sind Sie um diese Uhrzeit noch nicht angezogen?", fragt sie mit strenger Miene. „Geht es Ihnen nicht gut, Frau Berger?"

„Doch natürlich!", sagt Mama. „Was heißt denn nicht angezogen? Ich bin ja wohl nicht nackt! Außerdem ist das meine Privatsache."

„Ja, ja … sicher ", sagt die Frau. Sie lächelt wieder Chiara an, und der kleine Stein in ihrem linken Nasenflügel funkelt dazu wie ein Diamant.

Der Mann sagt nichts. Er guckt sich nur alles an. Den verkratzten Linoleumboden, den Karton mit den leeren Flaschen, das Poster von David Beckham in der Unterhose und die Glühbirne, die in einer Schraubfassung unter der Decke baumelt. Was suchen die bloß, fragt sich Chiara und kriegt gleich wieder Angst.

„Vielleicht gehen wir mal in die Küche", sagt die Frau.

Sie öffnet den Kühlschrank und findet ihn ziemlich leer für eine dreiköpfige Familie.

„Ich wollte heute morgen noch einkaufen gehen", sagt Mama. „Aber ich wusste ja, dass Sie kommen. Deshalb konnte ich nicht weg. Macht ja nichts. Die Geschäfte haben ja noch auf."

Chiara schluckt. Sie haben eigentlich nie viel im Kühlschrank. Mama macht ihnen keine Brote. Sie gibt Chiara Geld, damit sie sich was an der Trinkhalle kaufen kann. Chiara findet das ganz in Ordnung, denn auch darum beneiden sie die anderen Kinder. Und abends essen sie Joghurts oder ab und zu ein paar Chips. Kein Wunder, dass Mama gelogen hat. Warum sollte man einer fremden Frau, die einfach hier hereinspaziert und mal eben in den Kühlschrank guckt, auch die Wahrheit sagen?

„Na, Chiara? Was ist denn dein Lieblingsessen?", will sie plötzlich wissen.

Chiara steht da, mit gesenktem Kopf, und starrt auf ihre Schuhspitzen. Was soll sie jetzt sagen? Mama will antworten, aber die Frau winkt ab.

„Ich möchte das gerne von Chiara hören", unterbricht sie sie und ist immer so freundlich dabei.

Chiaras Hände werden feucht. Was soll das überhaupt sein, ein Lieblingsessen? Wenn sie Hunger hat, findet sie schon irgendwas.

Die Frau wartet noch immer auf eine Antwort. Was würden denn andere Kinder sagen, überlegt Chiara. Spaghetti vielleicht? Oder Pommes mit Bockwurst?

„Sie ist eben schüchtern", sagt Mama. „Das sind sie doch alle in dem Alter."

„Völlig in Ordnung", findet die Frau das und wuschelt Chiara über den gesenkten Kopf. Chiara zuckt. Die Berührung ist ihr unangenehm, die fremde Hand auf ihrem Haar. Sie will nicht angefasst werden, erst recht nicht von dieser Frau, die ihre Mutter nicht mag und ihr etwas Böses will.

Warum schmeißt du die nicht einfach raus, Mama?, denkt Chiara. Sie sucht den Blickkontakt, aber ihre Mutter hat sich bereits umgedreht und folgt nun der

Frau ins Wohnzimmer.

„Es tut mir leid, ich habe nicht aufgeräumt", sagt Mama.

Sie lässt Jason von ihrem Arm herunter, damit sie schnell seinen Schlafanzug und all die anderen Sachen vom Sofa nehmen kann. „Ich war krank, wissen Sie?"

„Ach, jetzt doch? Haben Sie vorhin nicht gesagt, es ginge Ihnen gut?"

„Heute", sagt Mama. „Heute geht's mir wieder gut."

Chiara hilft ihrer Mutter. Eilig sammelt sie die verstreuten Bonbonpapiere ein und will sie in den Müll bringen, aber die Frau sagt, sie sollten das lassen, das sei jetzt nicht wichtig.

Dass sie einen Computer haben, findet sie gut, die Frau mit dem lila Haar. Daran komme heutzutage keiner mehr vorbei. Auch die Kinder müssten frühzeitig lernen, damit umzugehen.

„Wozu nutzen Sie den Rechner denn?", fragt die Frau.

„Ich suche Arbeit", sagt Mama.

Vielleicht stimmt das sogar. Vielleicht sucht sie manchmal auch Arbeit, nachts, wenn Chiara und Jason schlafen. Tagsüber macht sie etwas anderes. Da unterhält sie sich stundenlang mit Männern, die sie nur aus dem Internet kennt. Die haben lustige Namen wie *Schlüpferstürmer* oder *Kampfdödel*, und manchmal haben sie auch lustige Bilder. Ansonsten findet Chiara das ziemlich langweilig.

Schöner ist es, wenn sie mit Mama am Computer spielen darf. Mama hat eine Farm, die sie jeden Tag beackern muss. Da sind Hühner und Schweine zu füttern, da bauen sie Obst und Gemüse an, das sie später ernten und auf dem Markt verkaufen. Chiara darf dann immer die Maus bedienen und vor allem darf sie ganz nah bei Mama sein. Das macht sie glücklich. Aber darüber wird hier nicht gesprochen. Seltsam, denkt Chiara.

„Frau Berger, der Herr Kubitsch wird sich jetzt noch ein wenig mit Ihnen unterhalten", sagt die Frau mit dem Stein in der Nase.

Verstohlen blickt Chiara ihn an, den großen Mann mit der Narbe am Kinn, der jetzt stumm seine Aktentasche öffnet und etwas zum Schreiben hervorholt.

„Vielleicht können Sie ihm schon mal die Untersuchungshefte der Kinder zeigen?"

Mama versteht nicht.

„Na, diese gelben Vorsorgehefte vom Kinderarzt. U 1 bis U 9. Haben Sie die machen lassen?"

„Natürlich", sagt Mama. „Aber wo diese Hefte sind, das weiß ich nun wirklich nicht. Die müsste ich suchen."

„Nur zu!", sagt die Frau mit dem Dauerlächeln. „Suchen Sie die ganz in Ruhe! Ich unterhalte mich in der Zwischenzeit mit Ihrer Tochter. Kommst du, Chiara? Wir gehen kurz in dein Kinderzimmer."

Chiara erschrickt. Sie schaut Mama an. Was soll ich machen? Muss ich da mitgehen? Aber Mama weicht ihrem Blick aus.

„Komm!", sagt die Frau wieder und steht schon in der Diele. „Kann ich die Tür schließen oder soll sie lieber offen bleiben?"

73

Offen bleiben, schießt es Chiara durch den Kopf, aber sie traut sich nicht, es auszusprechen, zuckt nur mit den Schultern.

„Gut, wenn es dich nicht stört, mache ich sie zu", sagt die Frau. „Wollen wir uns auf den Boden setzen?"

Chiara nickt. Wenigstens will die Frau sich nicht auf ihr Bett setzen. Sie will nicht einmal neben Chiara sitzen. Sie hockt sich im Schneidersitz ihr gegenüber auf den Teppich und lächelt sie an.

„Weißt du noch, wie ich heiße?"

Chiara schüttelt den Kopf.

„Anke", sagt die Frau. „Anke Willich. Aber du kannst mich ruhig Anke nennen."

Chiara nickt. Sie hat nicht vor, mit der Frau zu reden, egal wie sie heißt.

„Der Herr Kubitsch und ich, wir arbeiten beim Jugendamt", erklärt ihr die Frau. „Wir helfen Familien, die Unterstützung brauchen. Manchmal benötigen Eltern nämlich Hilfe, damit sie sich besser um ihre Kinder kümmern können."

Sie erzählt noch mehr über ihre Arbeit, aber Chiara bekommt davon nichts mehr mit. Das Letzte, was sie gehört hat, war das Wort *Jugendamt*. Sie hat Krämpfe im Bauch und eine Gänsehaut.

Das Jugendamt hat damals den Mirco ins Heim gesteckt. Direkt nach der Schule haben sie ihn abgeholt und irgendwo hingebracht, wo sein Vater ihn nicht finden kann. Der Papa vom Mirco wohnt immer noch im Nachbarhaus. Manchmal treffen sie ihn auf der Straße, und dann schimpft er auf die Verbrecher, die einem anständigen Mann einfach das Kind wegnehmen. Im Heim, da wird er jetzt geschlagen, sagt Mircos Papa, da wird er schlecht behandelt, aber zu Hause doch nicht.

Sie wollen mich entführen, denkt Chiara. Sie wollen mich meiner Mama wegnehmen. Und plötzlich wird ihr klar, dass es keinen Sinn macht zu schweigen. Sie muss reden, wenn sie noch eine Chance haben will. Sie muss dafür sorgen, dass diese Frau ein gutes Gefühl bekommt, dass sie glücklich ist. Vielleicht lässt sie uns dann wieder in Ruhe, denkt Chiara.

Aber was macht diese Frau glücklich?

Ordnung, denkt Chiara. Sie hat es gern ordentlich und wenn alles so ist wie bei anderen Leuten.

„Soll ich dir mal meinen Schulranzen zeigen?", fragt Chiara unvermittelt.

„Ja", sagt die Frau. „Warum nicht?"

Ihr Schulranzen kann sich sehen lassen. Die Hefte sind ordentlich, die Bücher in gutem Zustand. Das gefällt der Frau. Sie lobt die schöne Handschrift und guckt sich die Bilder an, die Chiara gemalt hat. Alles lässt sie sich genau erklären, hört aufmerksam zu.

Und Chiara gefällt es mit einem Mal auch. So viel Zeit hat sich noch nie jemand für sie genommen. Sie überlegt, was sie als Nächstes herausholen könnte. Vielleicht die Barbiepuppen? Auf die gibt sie auch immer gut Acht.

„Du bist schon sehr selbstständig", sagt die Frau. „Ein richtig großes Mädchen. Hilfst du auch manchmal deiner Mama?"

Chiara denkt nach. Helfen ist gut. Kinder sollen ruhig im Haushalt helfen, das hat sie in der Schule gelernt, also nickt sie.

„Manchmal bringst du sogar deinen kleinen Bruder in den Kindergarten, stimmt's?"

Ja oder nein? Welche Antwort ist die richtige, um diese Frau glücklich zu machen? Chiara weiß es nicht. Sie überlegt und wie immer zu lang.

„Es stimmt", sagt die Frau namens Anke irgendwann. „Ich habe nämlich mit Jasons Erzieherinnen gesprochen, und die haben es mir erzählt. Ich frage mich nur, warum deine Mama das nicht macht?"

Weil sie schläft, denkt Chiara. Morgens schläft Mama doch immer noch. Chiara hat zum letzten Geburtstag einen Wecker bekommen. Den stellt sie sich jeden Abend, und wenn er klingelt, zieht sie sich an und geht in die Schule, damit es keinen Ärger gibt.

Letzte Woche, als Mama nicht da war, hat dann diese Frau Schmitz angerufen, Jasons Erzieherin. Wenn Jason in Zukunft nicht regelmäßig in den Kindergarten käme, müsse sie die Behörden informieren.

„Wir haben das doch alles besprochen, Frau Berger!", hat sie gesagt und gar nicht gemerkt, dass Chiara am Apparat war. Kaum jemand merkt das. Sie kann das inzwischen sehr gut, im Namen ihrer Mutter telefonieren.

Abends, als Mama nach Hause kam, wollte Chiara ihr alles erzählen – wenn Mama nicht wieder Antek im Schlepptau gehabt hätte und eine Flasche Wodka.

Das Beste wird sein, wenn *ich* Jason morgen in den Kindergarten bringe, hat Chiara gedacht und sich in ihrem Zimmer verkrochen. Das war wohl ein Fehler. Sie hätte Mama Bescheid sagen müssen, Antek hin oder her, dann würden diese Leute jetzt nicht hier herumschnüffeln.

Es ist alles meine Schuld, durchzuckt es sie. Mama wird schrecklich schimpfen. Vielleicht hat sie mich jetzt gar nicht mehr lieb. Als ihr die Tränen in die Augen schießen, umklammert sie ihre zitternden Beine und macht sich ganz klein, bis sie nur noch ein schluchzendes Bündel ist.

„Chiara!", sagt die Frau. „Du musst doch nicht traurig sein! Komm mal her, ich tröste dich."

Sie nimmt sie in den Arm, und Chiara kann gar nicht anders, als sich an ihre Schulter zu schmiegen. Sie hat keine Kraft mehr. Sie weint und weint, und die Frau, die Anke heißt, lässt es einfach geschehen, streicht ihr nur sanft übers Haar.

„Du musst keine Angst haben", sagt sie, als aus dem Weinen wieder ein Schluchzen geworden ist.

„Ich will aber bei meiner Mama bleiben!"

„Natürlich!", sagt Anke. „Niemand will dich ihr wegnehmen. Das habe ich dir am Anfang doch alles erklärt. Es geht eigentlich nur um deine Mama. Wir versuchen herauszufinden, ob sie Hilfe braucht."

„Wirklich?", fragt Chiara, und Anke nickt.

Vorsichtig löst sie sich aus der Umarmung und nimmt das Papiertaschentuch, das Anke ihr hinhält. Wenn es stimmt, was sie sagt, ist alles gut. Mama braucht nämlich keine Hilfe, denkt Chiara. Sie hat doch mich. Ich passe schon auf sie auf.

Maries Kind

Bitte, lieber Gott, mach, dass es endlich geklappt hat! Ich will dich nie wieder um etwas bitten, wenn du mir jetzt hilfst. Nur dieses eine Mal!

Drei Tage war ihre Periode überfällig, so lange wie noch nie. Was gab es da schon wieder zu heulen? In letzter Zeit brauchte es wahrlich nicht viel, um sie aus der Fassung zu bringen. Ein schwangerer Bauch in einer Illustrierten, eine Windelwerbung im Fernsehen, ein Kinderwagen, der ihr auf dem Bürgersteig entgegenkam.

Vielleicht hätte Jonas sie jetzt trösten können, dachte Marie. Sie wünschte sich, er wäre noch da und nicht wegen des angekündigten Schneechaos eine Stunde früher als sonst ins Büro gefahren.

Marie machte sich ans Werk. Als sie fertig war, legte sie das Teststäbchen beiseite und wusch sich die Hände. Wie gebannt schaute sie immer wieder auf das kleine, rechteckige Feld, in dem sie in fünf Minuten das Ergebnis ablesen würde. Vielleicht sollte ich sechs Minuten warten, dachte Marie, oder sieben, um jeden Irrtum auszuschließen. Die Zeit lief ab jetzt.

Gehen Sie in einen anderen Raum. Lenken Sie sich ab. Sie können das gewünschte Ergebnis nicht herbeistarren.

So oder so ähnlich hatte es im Beipackzettel gestanden.

Marie kroch zurück ins Bett, zog sich die Decke bis zum Hals und dachte daran, wie alles begonnen hatte. Der erste Termin bei ihrem Gynäkologen vor gut einem Jahr. Die vage Ahnung, dass etwas nicht stimmen könnte mit ihr. Und gleichzeitig die Hoffnung, dass sie sich irrte.

„Statistisch gesehen ist ein Paar, das regelmäßig ungeschützten Verkehr hat, nach sechs Monaten schwanger."

Er hatte das wörtlich so gesagt, der distinguierte Herr im weißen Kittel, und dabei in ihrer Karteikarte herumgekritzelt. Entsprechend trotzig war Maries Antwort ausgefallen.

„Statistisch gesehen ist jeder fünfte Mensch ein Chinese und nur jeder siebte wechselt täglich die Unterwäsche. Was, meinen Sie, trifft davon auf mich zu?"

Ein müdes Lächeln über den vergoldeten Rand seiner Lesebrille hinweg. Dann war Schluss mit Selbstbetrug.

„Sie haben ein Problem, mein liebes Kind. Je eher Sie sich das eingestehen, desto besser für Sie."

Noch am selben Tag hatte ein anstrengender Untersuchungsmarathon seinen Anfang genommen. Kaum ein Körperteil, das unbeleuchtet blieb, keine Röhre, in die man Marie nicht geschoben hätte. Zu all den Etiketten, die ihr im Laufe des Lebens angeheftet wurden, war über Nacht ein weiteres hinzugekommen. Sie war nun eine Kinderwunschfrau, die in die Kinderwunsch-Sprechstunde kam. Immer neue Berichte präsentierte ihr der Arzt. Auf allen waren die Buchstaben o. B. vermerkt – ohne Befund.

„An mir liegt es aber auch nicht", beteuerte Jonas bei jeder Gelegenheit. Er war ein Mann wie jeder andere und sein bestes Stück voll funktionstüchtig. Da war er sich sicher, dazu brauchte er keinen Arzt. Als er nach langem Drängen doch noch einen aufsuchte, sah er sich bestätigt.

Mit einer anderen Frau hätte er also Kinder haben können, dachte Marie. Er hat sich für die Falsche entschieden, als er sich in mich verliebte. Sie wusste, dass Jonas nicht so empfand, und dennoch quälte der Gedanke sie lange Zeit.

Und dann das Gerede der Leute. Vielleicht ist jetzt Schluss damit, dachte Marie. Wenn es diesmal geklappt hat, wird alles gut. In letzter Zeit ging sie nur noch ungern auf Partys, fürchtete sich vor jeder Unterhaltung, weil sie immer damit rechnen musste, dass gleich wieder diese Fragen kamen.

„Wollt *ihr* eigentlich keine Kinder? Oder klappt es nicht so richtig? Ich kann dir ja mal meinen Mann vorbeischicken ..."

Woher nahmen die Leute das Recht, so mit ihr zu reden? Warum trieben sie sie immer wieder in die Ekke, zwangen sie, derart herumzudrucksen? Marie hatte keine Lust, sich vor Hinz und Kunz zu entblättern. Einzig ihrer Freundin Lena vertraute sie sich eines Tages an.

„Versuch es mal mit Selleriesalat", lautete die Empfehlung. „Kauf dir neue Unterwäsche und stell ein paar Kerzen auf."

Die Kerzen hatten definitiv nichts gebracht. Sie verbrannten lediglich den Sauerstoff und machten Jonas noch schläfriger, als er ohnehin schon war. Vom Sellerie war ihm so übel geworden, dass er den Abend mehr auf der Toilette als im Schlafzimmer verbrachte.

Natürlich war es nicht leicht, in Stimmung zu kommen, wenn die Liebe nur noch ein penibel geplanter Akt war, pflichtschuldig ausgeführt an allen Tagen, die der Fruchtbarkeitskalender als günstig auswies. Mit der Zeit jedoch reifte in Marie der Verdacht, dass Jonas sich dieses Kind nicht so sehr wünschte wie sie.

„Lass uns mal eine Pause einlegen“, schlug er immer häufiger vor. „Wir könnten ein paar Tage wegfahren, auf andere Gedanken kommen, verstehst du?“

Oft beschäftigte er sich mit seinem Motorrad, dem iPhone oder seinen Facebook-Freunden. Für Marie hingegen gab es keine Pausen. Die Sehnsucht, ein Kind zu haben, war in ihr so stark wie der Wunsch zu essen und zu trinken. Einen Plan B gab es nicht. Wie sollte sie ihr Leben sonst gestalten? Sie hatte so viel Mutterliebe in sich, konnte sich stundenlang ausmalen, wie sie dieses süß duftende, kleine Bündel auf dem Arm halten würde, wie sie es liebkoste und seine Händchen küsste, die kleinen Füße, die winzige Nasenspitze.

„Was nicht ist, ist eben nicht“, sagte Jonas dazu. „Ich würde es mir auch wünschen, Marie, das musst du mir glauben. Es wäre wunderschön, ein Kind mit dir zu haben, absolut großartig. Aber wir können es nun mal nicht erzwingen! Manchmal läuft es eben anders als geplant. Dann muss man umdenken und neue Wege gehen. Wir können doch unser Glück nicht davon abhängig machen! Oder willst du jetzt für den Rest deines Lebens einem zerplatzten Traum hinterherjagen?“

Das klang so vernünftig, dachte Marie, so gut geerdet, so typisch Jonas. Natürlich hatte auch sie ihre Interessen, ihren Freundeskreis, und natürlich wusste sie, dass nicht alle kinderlosen Frauen automatisch verbittert waren. Niemand zwang sie, mit 50 nur noch zu putzen und jedem Besucher eilig eine Decke unter den Hintern zu schieben, damit das Designersofa nicht litt. Ob sie in 20 Jahren mitten im Leben stand oder nur noch damit beschäftigt war, die Ruine ihres Körpers instand zu halten, lag allein in ihrer Hand.

Vielleicht würde sie sich eines Tages einen Golden Retriever zulegen oder eine flauschige Promenadenmischung aus dem Tierheim. Beim Spazierengehen würde sie dann eben andere Hundehalter kennenlernen, so wie man sonst die Eltern anderer Kindergartenkinder kennenlernte. Auch ihrem Hund konnte sie bunte Halstücher umbinden, ein Foto von ihm im Portemonnaie tragen und ihm zu Weihnachten ein neues Spielzeug schenken, ein Gummihuhn vielleicht oder ein getrocknetes Schweineohr. Ein Hund, so sagt man, kann einem Vieles geben. Nähe, Wärme, das Gefühl, gebraucht zu werden.

Was blieb, war der zerplatzte Traum. Die Sorge, dass weder der Hund noch die Freunde ihr den Schmerz würden nehmen können. Jonas mochte die Sache abhaken. Aber würde *sie* jemals aufhören, um dieses Kind zu trauern?

Seit geraumer Zeit guckte Marie allen Frauen, die ihr begegneten, nur noch auf den Bauch. Letzte Woche bei Lenas Geburtstagsfeier war ihr plötzlich aufgefallen, dass Katrin keinen Alkohol trank.

Nicht Katrin, war es ihr durch den Kopf geschossen, *bitte nicht auch noch Katrin.* Gleich würde sie aufstehen, nein, nicht sie, sondern Tom – es waren immer die Männer, die die Ankündigungen in großer Runde machten – Tom also würde aufstehen und freudestrahlend verkünden, dass sie Nachwuchs erwarteten, obwohl sie sich erst seit einem halben Jahr kannten und nicht einmal verheiratet waren. Alle würden ihnen um den Hals fallen und sie beglückwünschen, Küsschen hier, Küsschen da, während Jonas verstohlen den Arm um Marie legte, weil er als Einziger bemerkt hatte, wie sie um Fassung rang.

„Prost!", hatte Katrin in jenem Moment gesagt. „Ich kann heute leider nur mit Wasser anstoßen. Letzte Woche hatte ich eine ziemlich heftige Mandelentzündung und nun muss ich immer noch dieses Antibiotikum nehmen."

„Ach so!", hatte Marie gesagt. „Dann ist ja gut. Ich dachte schon …"

„Was? … Was dachtest du?"

„Nichts. Gar nichts."

In ihrer Erinnerung sah Marie noch immer die Fragezeichen auf Katrins Stirn. *Jetzt ist es so weit,* war es ihr durch den Kopf geschossen, *jetzt habe ich die Paranoia.*

Als sie das nächste Mal auf die Uhr sah, waren die fünf Minuten längst um. *Bitte, lieber Gott,* flüsterte Marie noch einmal, dann ging sie ins Bad. Sie nahm das Stäbchen in die Hand und betrachtete es aus der Nähe.

Doch so intensiv sie auch guckte, da war nichts. Kein Strich. Nicht einmal eine leichte Färbung.

Sie fühlte sich seltsam leer, setzte sich auf den Klodeckel und vergoss kraftlos ein paar Tränen. Als sie das Stäbchen in den Mülleimer geworfen hatte, war es wieder gut. Im Grunde war ja nichts passiert. Fünf Minuten waren vergangen, an die man sich später nicht mehr erinnern musste. Es war ein langer, steiniger Weg, aber eines Tages würde es wieder fünf Minuten geben. Ihr Kind würde irgendwann zu ihr kommen. Daran hielt sie sich fest.

Blume im Paradies

Ich habe den Zettel vorhin schon gesehen. Als ich von der Arbeit nach Hause kam, lag er auf dem Schuhschrank in der Diele, wo Gaby immer die an mich adressierte Post deponiert. Es ist eine schmucklose Kopie – *Liebe Eltern, zur ersten Klassenpflegschaftssitzung im neuen Schuljahr lade ich Sie herzlich ein …*

Weiter habe ich nicht gelesen. Elternabende gehören nun wirklich nicht zu meinen Kernkompetenzen. Um diese Dinge hat sich von jeher Gaby gekümmert. Wahrscheinlich ist sie nur abgelenkt worden, als sie den Zettel irgendwo anders hinlegen wollte.

Eine halbe Stunde später ruft sie mich zum Abendessen. Die Kinder sind ausgeflogen, wie meistens in letzter Zeit, wir haben die Küche mal wieder für uns. Eine kleine, dampfende Auflaufform steht auf dem Tisch, daneben ein grüner Salat, und auf meinem Teller liegt wieder dieser Zettel.

„Was soll ich damit?", frage ich und halte ihn demonstrativ in Gabys Richtung. Sie hängt die Topflappen zurück an den Haken und setzt sich zu mir an den Tisch.

„Lesen", sagt sie. „Ich habe an dem Tag meinen Bodyforming-Kurs und deshalb möchte ich, dass du hingehst."

Ich werfe einen schnellen Blick auf Datum und Uhrzeit, ehe ich das Blatt hinter mir auf die Arbeitsplatte lege.

„Nächsten Mittwoch ist diese Versammlung?

Abends um acht?"

„Richtig", sagt sie. „Deshalb kann ich ja nicht."

Sie nimmt meinen Teller und legt mir eine große Portion vor, während sie sich selbst nur ein Probierhäppchen auffüllt. Skeptisch betrachte ich die undefinierbare, grün-gelbe Masse, die nach Minze und Kokosmilch riecht. Ein paar Kartoffelstückchen schwimmen darin herum, möglicherweise auch Blumenkohl.

„Was ist das?", frage ich misstrauisch.

„Vitamine", sagt Gaby, „Lauter gesunde Sachen. Lass es dir tüchtig schmecken!"

Vermutlich hat sie wieder eins von diesen Low-Fat-30-Rezepten aus dem Internet nachgekocht. Seit ich Gaby kenne, hadert sie schon mit ihrer Figur, erst mit den kleinen, dann mit den etwas größeren Pölsterchen an Oberschenkeln und Po. Aber diesmal meint sie es wirklich ernst.

„Mittwoch", bemerke ich beiläufig, „da ist dieses Fußballspiel. Deutschland gegen Malta. Sie übertragen es live, um viertel vor neun im Ersten."

„Ist das nicht bloß ein Freundschaftsspiel?"

„Ja ... und?"

„Willst du damit andeuten, dass ich auf meinen Sportkurs verzichten soll, damit du in Ruhe fernsehen kannst? Fernsehen macht dick, Jürgen. Bodyforming macht schlank."

Ein Totschlagargument, das mich in der Tat in einem ganz schlechten Licht erscheinen lässt. Dabei ist ihr Motiv äußerst durchsichtig. Ich soll mal wieder meine Interessen den ihren unterordnen. Jetzt darauf einzugehen, wäre sinnlos. Ich werde mir eine Strategie überlegen. In den nächsten Tagen denke ich immer wieder darüber nach, aber es will mir partout nichts Überzeugendes einfallen.

Als der Mittwoch kommt, ergebe ich mich also in mein Schicksal. Vielleicht dauert es ja nicht lange, denke ich, während ich meinen Wagen auf dem Lehrerparkplatz abstelle und kurz darauf das Schulgebäude betrete. Es riecht nach scharfen Reinigungsmitteln, als ich die Treppe hinaufsteige, doch wer immer hier geputzt hat, hat den Dreck nur in die Ecken geschoben. Eine der Türen im ersten Stock steht offen. *Klasse 9 b, Fr. Yildirim,* lese ich auf dem Schild an der Wand.

„Stell dir vor, die neue Klassenlehrerin ist eine Türkin!", hat Gaby vorhin noch gesagt. Hier bin ich also richtig.

Besonders voll ist es nicht, als ich um kurz vor acht den Raum betrete. Gerade mal zwölf Personen verlieren sich an den Tischen.

„N' Abend", brumme ich in die Runde und starte die automatische Gesichtserkennung.

Auf dem Streberplatz vorne am Pult, der Lehrerin direkt gegenüber, sitzt diese Pitbull-Mutti, die bei jedem Schulfest das Kommando an der Kuchentheke führt. Der Mann im karierten Hemd zwei Reihen hinter ihr ist unser Apotheker.

Herr Niemann hat auch ein Kind in Ninas Klasse, souffliert Gaby mir jedes Mal, wenn wir Kopfschmerztabletten oder Nasenspray bei ihm holen. Gelohnt hat es sich bisher nicht – bei den Pröbchen, die er uns in die

Tüte packt, war noch nie etwas Gescheites dabei. Immerhin nickt er mir jetzt dezent zu. Ich grüße zurück und entdecke zu seiner Rechten Judith Kassmann, die Mutter von Caro, Ninas bester Freundin.

„Hallo Jürgen! Was machst du denn hier?", brüllt sie über die Köpfe der anderen hinweg, kaum dass ich in ihre Richtung schaue.

Ich habe diese Woche Tafeldienst, liegt es mir auf der Zunge, *und du?* Aber dies ist nicht der Ort für alberne Scherze. Außerdem trifft sie sich ab und zu mit Gaby. Ich persönlich halte Judith ja für irre oder zumindest für reichlich überspannt, aber da der Platz rechts von ihr noch frei ist, bleibt mir nun kaum etwas anderes übrig, als mich dort hinzusetzen.

„Ich hätte gedacht, du würdest lieber Fußball gucken! Wo ist denn die Gaby?"

„Die hatte noch einen Termin", murmle ich, als ich neben ihr stehe und ihr zur Begrüßung die Hand reiche.

„Ach, ja richtig!", sagt sie. Sie weiß also Bescheid.

„Seine Frau macht Bodyforming", erläutert sie dem Apotheker links von ihr und allen anderen, die noch kein Hörgerät tragen, „und achtet jetzt auch verstärkt auf gesunde, kalorienarme Ernährung."

„Sehr lobenswert", findet unser Apotheker.

„Und sonst, Judith?", versuche ich ihr Mitteilungsbedürfnis in andere Bahnen zu lenken. „Was gibt's Neues?"

Während sie kurz überlegt, ziehe ich mein Jackett aus und hänge es über die Stuhllehne. Als ich mich wieder umdrehe, steht auf der anderen Seite des Tisches die Lehrerin vor mir.

„Guten Abend!", sagt sie. „Yildirim ist mein Name. Ich glaube, wir hatten noch nicht das Vergnügen."

Ruckartig erhebe ich mich von meinem Platz, schüttle die Hand, die sie mir zur Begrüßung hinhält, und schaue in ihr Gesicht. Große haselnussbraune Augen, deren Glanz selbst mit 50 noch alle Fältchen überstrahlt, haben viele. Auch die ebenmäßige Nase und der dunkle Teint sind alles andere als einzigartig. Es ist der Mund, ihr rosiger, ungeschminkter Schmollmund, der mich so sicher macht. *Doch, Frau Yildirim, wir kennen uns.*

„Guten Abend", stammele ich, „ich bin der Vater von Jan."

Das stimmt zwar, hilft ihr aber nicht weiter, da Jan nicht in dieser Klasse ist. Er hat im Frühjahr mit Ach und Krach sein Abitur bestanden. Ob sie ihn je unterrichtete, weiß ich nicht.

„Nina!", korrigiere ich mich schnell. „Ich bin der Vater von Nina Hansen! … Hansen … so heiße ich."

„Angenehm", sagt Frau Yildirim. Sie ringt sich ein tapferes Lächeln ab, ehe sie sich umdreht und zurück zu ihrem Pult geht. Als sie dort ankommt, schaut sie noch einmal prüfend in meine Richtung. Liegt es nur an meinem peinlichen Auftritt, oder hat sie mich vielleicht auch erkannt?

Es ist lange her, dass wir uns begegnet sind, 30 Jahre, grob geschätzt. Hieß sie damals auch schon Yildirim? Ich erinnere mich an vieles, aber seltsamerweise nicht an ihren Nachnamen.

Es war die Zeit kurz nach dem Abitur. Ein drückend heißer Sommertag. Gegen Mittag warf meine Mutter mich aus dem Bett, um mit mir in die Stadt zu fahren. Wir gingen in ein Fachgeschäft für Herrenoberbekleidung.

„Guten Tag, ich möchte einen Anzug für meinen Sohn kaufen", ließ sie die drei Verkäuferinnen wissen, die gelangweilt in einer Ecke saßen und sich Luft zufächelten. Ächzend erhob sich daraufhin die schwergewichtigste der drei Damen und taxierte mich mit kritischem Blick.

„Lang isser ja, aber der hat kein Kreuz und keinen Hintern", stellte sie sachkundig fest, noch während sie auf uns zuwalzte. „Da brauchen wir wohl eine Zwischengröße."

Meine Mutter war erleichtert, auf so viel Sachverstand zu treffen. Das Verkaufsgespräch spielte sich komplett zwischen den beiden Frauen ab, während ich einfach anzog, was mir durch den Kabinenvorhang gereicht wurde.

Am Ende kauften wir sogar zwei Anzüge, die ich künftig im Wechsel tragen sollte. Für mich sahen sie beide gleich aus, aber die Verkäuferin meinte, der eine sei grau und der andere anthrazit.

Fünf Oberhemden ließen wir uns noch dazulegen und drei Krawatten, sodass meine Mutter ganz zufrieden war, als wir mit den Tüten nach Hause kamen. Abends zwang sie mich dann, die neu erworbene Ausstattung meinem Vater vorzuführen, der auch lieber in

Ruhe seine Zeitung gelesen hätte.

„Nun hast du alles, was du für die Lehre brauchst!",
erklärte meine Mutter stolz. „Und das hier", sagte sie
und überreichte mir ein ca. 40 mal 30 Zentimeter lan-
ges, in Geschenkpapier gehülltes Paket, „das haben Papa und ich dir gekauft."

Es war nicht besonders schwer, aber relativ starr.
Ohne die geringste Ahnung, was darin sein könnte, riss
ich es auf.

„Was soll ich denn mit einer Aktentasche?", fragte
ich enttäuscht, als das schwarze Kunstleder zum Vor-
schein kam. „Denkt ihr, die von der Bank geben mir
Akten mit nach Hause? Das ist doch alles streng ver-
traulich."

„Und die Brote für die Frühstückspause?", hielt meine Mutter dagegen. „Die Thermoskanne? Willst du das
alles in der Hand tragen? Nun pack sie erst einmal richtig aus! Da ist doch noch etwas drin."

Ich hoffte auf 50 Mark im Umschlag, fand aber nur
einen Taschenschirm. Mit Schutzhülle und sportiver
Handschlaufe in der Männerfarbe schwarz.

„Mutter", sagte ich, „mit diesem Ding gehe ich ga-
rantiert nicht aus dem Haus."

„Wart's nur ab! Im November wirst du mir noch
dankbar sein. Du musst schließlich mit dem Bus fahren."

Ein Thema, über das noch zu reden war. „Wenn ihr
mir ein bisschen Geld leihen würdet, sagen wir mal
3.000 Mark, nur so als Beispiel, dann könnte ich mir
einen Gebrauchtwagen kaufen."

„3.000 Mark?", schnaubte mein Vater hinter seiner Zeitung hervor. „Hast du eine Ahnung, wie lange eine alte Frau dafür stricken muss? Als ich in deinem Alter war ..."

„Vatter, guck dich doch mal an! Du warst nie in meinem Alter."

„Jetzt werd mal nicht frech! Muss denn heute jeder Rotzbengel gleich ein eigenes Auto haben? Du kannst ab und zu das von Mama nehmen. Ansonsten fährst du mit dem Bus!"

Meine Mutter sagte nichts. Sie guckte nur stumm auf dem Tisch herum und besorgte mir gleich am nächsten Tag eine Monatskarte für das gesamte Stadtgebiet. Damit es keine Missverständnisse gab.

„So! ... Ich denke, wir sollten jetzt anfangen", ruft Frau Yildirim um kurz nach acht in die Runde. Das Gemurmel an den Tischen verstummt. Auch Judith Kassmann, die anscheinend seit geraumer Zeit von mir gänzlich unbemerkt in meine Richtung gesprochen hat, bricht ihren Erzählfluss ab und nimmt die vorab verteilte Tagesordnung zur Hand.

Als Erstes wird ein Protokollführer gesucht. Die Mutter, die auf den letzten Drücker hinten an der Tür Platz genommen hat, meldet sich freiwillig und erntet dafür dankbare Blicke.

Dann steht die Wahl des Klassenpflegschaftsvorsitzenden auf dem Programm. Frau Yildirim geht an die Tafel, bewaffnet sich mit einem Stück Kreide und wartet auf Kandidatenvorschläge. Niemand rührt sich. Mit gesenktem Kopf beuge ich mich zu Judith herüber.

„Wo ist das Problem?", flüstere ich. „Irgendjemand muss dieses Amt doch innehaben und könnte sich zur Wiederwahl stellen."

„Die Mutter vom David Bergkamp hat das doch all die Jahre gemacht."

„Ja und? Warum macht sie es dann nicht weiter?"

„Weil ausgerechnet der David im letzten Jahr sitzen geblieben ist."

Jetzt erinnere ich mich. Gaby hat mir die Problematik letzte Woche schon erklärt. *Pass bloß auf, dass du es nicht wirst*, waren ihre mahnenden Worte. Um den Druck zur erhöhen, schreitet Frau Yildirim freundlich lächelnd die Gänge ab.

„Nun, meine Damen und Herren, wie sieht es aus? Freiwillige vor."

Sie sucht den Blickkontakt, besonders zu denen, die die meiste Zeit betreten zu Boden blicken. Ihren Sinn für bösen Humor mochte ich damals schon.

„Wie Sie wissen, müssen wir hier und heute jemanden wählen. Und wenn es die halbe Nacht dauert."

Ab und zu schickt einer einen Seufzer zur Decke, aber niemand bewegt sich. *Leute*, schießt es mir durch den Kopf, *zur zweiten Halbzeit wollte ich spätestens wieder zu Hause sein. Kann sich bitte mal jemand opfern?* Einer muss doch die Nerven verlieren.

Frau Yildirim geht zurück an die Tafel. Während sie das tut, schiele ich unauffällig auf ihre schaukelnden Hüften. Ich finde sie noch immer attraktiv in ihrer engen Jeans, der weißen Bluse und den hochhackigen Schuhen. Sie hat ihre Figur gehalten – im Gegensatz zu mir, der ich inzwischen nicht nur Kreuz und Hintern, sondern auch Bauch habe.

Mir ist, als säße ich wieder im Bus, morgens um 7.13 Uhr auf dem Weg zur Filiale am Ostring, wo ich vor 30 Jahren meine Ausbildung begann. Ich sehe mich wieder auf meinem Stammplatz, dem Vierersitz über der Hinterachse, vor mir jene Handvoll anderer Fahrgäste, die ich jeden Morgen dort traf und mit denen ich schon nach kurzer Zeit eine verschworene Gemeinschaft bildete.

Da war die Frau um die 60, die beim Einsteigen immer ihren Schwerbehindertenausweis vorzeigte. *Die Schnapsdrossel* nannte ich sie – ihr Stoffbeutel klirrte immer so verdächtig nach Glas, wenn sie damit irgendwo anstieß – und ihr Gesicht ließ mich vermuten, dass sie soff.

Da waren das Ökomädchen mit den haarigen Unterarmen, der Malocher, der für seine Frühstücksbrote das gleiche Aktentaschenmodell benutzte wie ich, und, nicht zu vergessen, *die Cordhose*, ein Mann mit Stirnglatze und so kurzem Oberkörper, dass er sich sein Beinkleid bis unter die Brustwarzen ziehen konnte.

Wenn alle saßen und der Bus so gegen 8.20 Uhr am Schwimmbad hielt, stieg sie ein. Anfangs beobachtete ich sie aus purer Langeweile, wie ich auch das Ökomädchen oder die Schnapsdrossel beobachtete, doch bald schon erschien sie mir interessanter als die anderen. Vielleicht weil sie wie die Schwester von Winnetou aussah, mit ihrem pechschwarzen Haar und ihrer Haut aus Bronze. Oder weil ich eines Tages bemerkte, dass sie den *Herrn der Ringe* im englischen Original las. Natürlich konnte es auch daran liegen, dass sie so verdammt hübsch war.

Jeden Morgen um 7.40 Uhr stiegen wir am Hauptbahnhof aus, Nscho-tschi und ich, und liefen getrennt voneinander in dieselbe Richtung. Ich ging in die Bank, während sie vom verspiegelten Glaspalast einer großen Versicherung verschluckt wurde. Ein paarmal nahm ich mir vor, sie anzusprechen, ihr an der letzten Biegung einen schönen Tag zu wünschen, aber dann sagte ich doch nichts.

Vielleicht lag es an den grauen Anzügen. Wie ein Affe kam ich mir darin vor, ein Schimpanse, den man für eine Fernsehshow in Menschenkleider gesteckt hatte.

September, Oktober, November. Lange Zeit blieb es bei scheuen Blicken und einem verstohlenen Lächeln. Es regnete immer häufiger, und schließlich kam der Tag, den meine Mutter gemeint haben musste, als sie prophezeite, ich würde ihr noch dankbar sein.

Als wir am Hauptbahnhof aus dem Bus stiegen, öffnete der Himmel sämtliche Schleusen. Nscho-tschi hatte ihren Schirm vergessen. Mit hochgeschlagenem Kragen rannte sie vor mir her. Fasziniert von ihrem langen Haar, das selbst bei Starkregen noch wie das wasserabweisende Gefieder eines dunklen Schwans schimmerte, blieb ich ihr dicht auf den Fersen. Als wir an einer roten Ampel standen, fasste ich mir ein Herz. Wie ein Jedi-Ritter sein Lichtschwert zückte ich meinen Knirps und spannte ihn über ihrem tropfenden Haupt auf.

„Danke", sagte sie, „wie nett", und lächelte mich an,

dass mir ganz schummrig wurde. „Du passt aber auch noch mit drunter."

Den Rest des Weges legten wir also Schulter an Schulter zurück. Los, unterhalte dich mit ihr, ging es mir durch den Kopf. Frag sie etwas. Frauen wollen doch immer etwas gefragt werden. Und dann erwarten sie, dass man sich die Antwort anhört. Zeig ihr, dass du das drauf hast, dass du anders bist als die anderen Typen. Ein sensibler Poet, gefangen im Outfit eines biederen Bankers.

„Boah, geht's noch, du Arschgeige?!", bölkte ich, als ein rücksichtsloser Autofahrer durch eine Pfütze bretterte und uns das Brackwasser meterhoch um die Ohren spritzte.

„Oje. Der Anzug ist hinüber", bemerkte Nscho-tschi mit bedauerndem Blick auf meine total versauten Hosenbeine. „Du hast keinen anderen, stimmt's?"

„Doch. Ich trage sie immer im Wechsel."

„Tatsächlich? Ist mir noch nicht aufgefallen."

„Der eine ist grau und der andere anthrazit."

„Ach so. Und welchen hast du gerade an?"

„Keine Ahnung. Was würdest du sagen?"

„Den schlammfarbenen?"

Wir prusteten los. Der Schirm war zu klein für uns beide. Meine Kleidung klebte auf meiner Haut, als ich Nscho-tschi vor der Tür des Versicherungspalais ablieferte.

„Du wirst dir den Tod holen", sagte sie.

„Ach was! Ich hänge die Hose gleich über die Heizung. Hinter dem Schalter sieht das doch keiner."

„Sehr witzig", befand sie und lächelte trotzdem. „Also dann bis morgen."

„Ja, bis morgen."

Triefend, aber beschwingt setzte ich meinen Weg fort. Wenn wir uns das nächste Mal begegneten, würden wir uns kennen. Und wenn man sich erst einmal kannte, musste man auch miteinander reden.

Als sie tags darauf in den Bus stieg, kam sie geradewegs auf mich zu. „Heute habe ich meinen Schirm nicht vergessen", rief sie schon vom Gang aus.

„Super. Dann kannst *du* heute mal am Straßenrand gehen."

Sie setzte sich neben mich auf den Vierersitz, nicht etwa mir gegenüber, und spielte die Entrüstete.

„Du bist unmöglich."

„Wieso? Das ist jetzt wirklich mein letzter Anzug."

„Bei uns würde kein Mann es wagen, so mit einer Frau zu reden."

„Hey! War doch nur Spaß."

„Ich weiß."

„Wo ist das überhaupt, bei euch?"

Sie erzählte mir, dass sie in Ostanatolien geboren sei. Vor 16 Jahren war sie nach Deutschland gekommen. Ihr Vater stand bei Opel am Band und produzierte deutsche Wertarbeit. Ihre Mutter trug Kopftuch, hatte nur türkische Nachbarinnen und sprach noch immer kein Wort Deutsch.

Jeden Morgen saß Nscho-tschi von nun an neben mir und verströmte einen angenehmen Duft, ein sommerliches Aroma von frischem Pfirsich, das ich damals unter Hunderten zweifelsfrei erkannt hätte. Vielleicht war es ein Parfum oder einfach nur ihr Shampoo, aber ich redete mir ein, dass es ihr Körper selbst war, der so gut roch. Es knisterte zwischen uns, wenn wir miteinander redeten, wenn wir uns gegenseitig neckten. Ich spürte, dass sie mich mochte. Wäre sie ein Mädchen wie jedes andere gewesen, hätte ich mich langsam vorangetastet, hätte zufällig ihre Hand gestreift oder ihr Knie und abgewartet, wie sie reagierte. Aber sie erschien mir auf ganz natürliche Weise unberührbar.

Sie hatte mir erklärt, was ihr Name bedeutete. *Hülya* hieß Tagtraum. Oder Illusion. „Mit *Blume im Paradies* könnte man es auch übersetzen", sagte sie und lachte darüber, aber genau das war sie für mich. Eine Blume, vielleicht nicht im Paradies, aber im tristen Einerlei des Öffentlichen Personennahverkehrs. Ein Traum aus einer anderen Welt.

Sie hatte für mich gebacken. Baklava, kleine Kuchen aus Blätterteig und Pistazien. Mit Tränen der Rührung in den Augen biss ich hinein. Es fühlte sich an, als wären meine Zähne für immer zusammengeklebt.

„Ich mag auch lieber Knäckebrot", sagte sie und lachte.

An manchen Tagen dudelte der Orient aus ihrem Walkman, an anderen hörte sie *Nena* oder die *Spider Murphy Gang*. Manchmal sagte sie unglaublich kluge Dinge und im nächsten Moment verteidigte sie die Zwangsehe.

„Die Partner, die unsere Eltern für uns aussuchen, passen genauso gut zu uns wie die, die wir selbst wählen. Manchmal sogar besser."

„Das ist nicht dein Ernst, Hülya!"

„Warum nicht? Mein Bruder hat vor zwei Jahren ein Mädchen aus dem Dorf unseres Vaters zur Frau genommen. Nach der Hochzeit kam sie mit nach Deutschland. Sie haben eine Wohnung in unserem Nachbarhaus und sogar schon ein Kind. Es funktioniert wunderbar."

„Natürlich funktioniert es! Weil bei euch die Frauen ohnehin nichts zu melden haben."

„Und das weißt du so genau? Wie viele Türken kennst du denn?"

Ich dachte nach. Außer ihr fiel mir niemand ein. In der Grundschule hatte ich drei türkische Kinder in meiner Klasse gehabt. An unserem Gymnasium gab es kein einziges.

„Und wenn schon", entgegnete ich. „Es reicht doch nicht, zu funktionieren. Jeder hat doch Gefühle, Sehnsüchte, Leidenschaften! Ich kann mir überhaupt nicht vorstellen, mit einer Frau zusammenzuleben, die ich nicht liebe."

„Liebe!", sagte sie, als gehörte das Wort eigentlich nur in Groschenromane. „Liebe kann auch aus Gewohnheit wachsen."

Es machte mich rasend, wenn sie so redete, es beleidigte mich.

„Schön, und wann wirst du verheiratet?", fragte ich wütend.

Sie schluckte.

„Wenn ich nicht will, muss ich nicht. Ich habe andere Pläne."

Bei der Versicherung sortierte sie bloß die Eingangspost. Eine Art Ferienjob war das, um etwas Geld zu verdienen und keine Lücken im Lebenslauf zu haben. Im Frühjahr wollte sie studieren, hatte sie mir erzählt, Deutsch und Englisch auf Lehramt.

„Aber deine Eltern haben schon den Daumen drauf … oder kannst du machen, was du willst?"

Sie biss sich auf die Lippen, tat so, als kontrolliere sie ihren Nagellack, während sie überlegte. Irgendwann sah sie mich an.

„Kannst *du* das?", höhnte sie, den Blick auf meinen Anzug geheftet, auf meine Aktentasche. Ich ging gar nicht darauf ein.

„Du könntest dich also verabreden?", bohrte ich weiter. „Sagen wir mal, mit jemandem wie mir?"

„Klar. Warum denn nicht?"

„Und würdest du das tun?"

„Was? Mich mit dir verabreden?"

Sie drehte sich weg, sah aus dem Fenster. Mein Herz drohte aus meiner Brust zu springen, während ich auf ihre Antwort wartete. Der Moment währte lange. Zu lange, um endlich gut zu werden. „Vergiss es", wollte ich gerade sagen, da wandte sie sich mir zu.

„Du könntest mir erst mal deine Telefonnummer geben."

„Okay."

Ich schrieb sie auf das Papiertaschentuch, das meine Mutter mir jeden Morgen in die Jackett-Tasche steckte. Ihre Nummer bekam ich nicht.

„Meine Eltern möchten nicht, dass unsere Freunde uns zu Hause anrufen. Meine Mutter spricht ja kein Deutsch."

Ich hielt das für eine Ausrede, ein Ablenkungsmanöver. Sie würde sich nicht bei mir melden, dachte ich, aber sie tat es doch. Noch am selben Abend und künftig immer häufiger.

„Deine kleine Freundin hat wieder angerufen", sagte meine Mutter, wenn ich gerade nicht zu Hause war. „Worüber unterhältst du dich eigentlich mit der?"

Es war ihr nicht recht, dass Hülya Türkin war, dass sie sie nie zu Gesicht bekam und immer nur an der Tür lauschen konnte, wenn ich mit ihr telefonierte. Deshalb nannte sie sie auch *die kleine* Freundin. Klein nicht im Sinne von jung oder kurz gewachsen, sondern im Sinne von unbedeutend, nichtig, kaum der Rede wert. So wie andere ab und zu ein kleines Problem hatten, hatten wir neuerdings eine kleine Freundin.

Meist sprachen wir über Belanglosigkeiten, Hülya und ich. Über Musik, über Kinofilme, über das Wetter. Es war ihre Stimme, die mich elektrisierte, ihr Lächeln, das ich manchmal hören konnte, und die kleinen Sticheleien, mit denen wir uns gegenseitig aufzogen.

Aus heiterem Himmel fragte sie mich eines Tages, ob ich immer noch mit ihr ausgehen wollte. Ich erinnere mich noch genau an jenen Abend. Es war ein Freitag. Ich hatte es mir schon vor dem Fernseher gemütlich gemacht und war völlig geplättet, als sie anrief. In meiner Begeisterung wollte ich sie zu Hause abholen.

„Das geht nicht", flüsterte sie ins Telefon. „Wir treffen uns in der Stadt. Kennst du das Moody's?"

Ein amerikanischer Laden, der hauptsächlich von Pommes und pappigen Burgern lebte. Ein paar Wochen zuvor hatte ich dort einen Absacker getrunken, mit Arndt und den anderen. Es war nicht mein Fall. Aber ich hätte mich auch auf der Bahnhofstoilette mit ihr verabredet, wenn sie das vorgeschlagen hätte.

„Gut", sagte sie. „Dann treffen wir uns dort so gegen neun. Vorher schaffe ich es nicht."

„Gehst du noch einmal weg?", fragte meine Mutter, als ich etwas später meine Jacke anzog.

„Mit Arndt", log ich. „Nur kurz was trinken."

„Aber bleib nicht so lange. Wenn der Papa zurückkommt, könnte es sein, dass er eine Überraschung für dich hat."

„Wieso das denn? Wo ist er überhaupt hin?"

Sie wollte es nicht sagen, und ich hatte keine Zeit mehr, mir Gedanken zu machen. Hülya wartete im Moody's auf mich. Sie saß an einem Tisch ganz hinten an der Wand, trug eine hellblaue Bluse und lange, silberne Ohrringe.

Heute werde ich sie küssen, dachte ich, als ich auf sie zuging. Sie ist bereit dafür. Warum hätte sie mich sonst vorhin angerufen? Mich hierher bestellt, in die hinterste Ecke, ein Budweiser vor sich auf dem Tisch.

„Das ist Bier, was du da trinkst."

„Ich weiß", sagte sie. „Steht auf der Flasche."

„Verbietet dir das nicht deine Religion?"

Sie nahm einen kleinen Schluck, zog die Achseln hoch und lächelte.

„Mir verbietet das nur mein Vater. Aber was er nicht

weiß, macht ihn nicht heiß."

Ich holte mir auch ein Bier und setzte mich zu ihr. Das Gespräch lief gut. Wir stellten fest, dass wir am Vortag beide im Kino gewesen waren. Sie hatte *Die Weiße Rose* von Verhoeven gesehen und ich *Mad Max II – der Vollstrecker.*

„Nie gehört", sagte sie. „Worum geht es in dem Film?"

Um mörderische Verfolgungsjagden, sinnlose Brutalität und natürlich darum, mit wenigen Worten möglichst viele Autos zu Schrott zu fahren. Ich fand ihn gar nicht schlecht, aber vor der klügsten Frau, die mir je begegnet war, war es mir peinlich, das zuzugeben.

„Der Film ist so eine Art Endzeit-Szenario", faselte ich. „Jegliche Zivilisation ist zusammengebrochen, und nun dreht sich alles um die Suche nach Treibstoff. Ein Liter Benzin ist plötzlich mehr wert als ein Menschenleben."

„Interessant. Wo wollen sie denn alle hinfahren, nach dem Zusammenbruch der Zivilisation?"

„In ein gelobtes Land. 2.000 Meilen weiter nördlich", sagte ich, und dann mussten wir beide lachen.

Wir lachten überhaupt sehr viel, während ich immer näher an sie heranrutschte, wir prosteten uns dauernd zu, aber eine Gelegenheit, sie zu küssen, wollte sich einfach nicht ergeben.

„Oh nein", hauchte sie plötzlich, die Augen starr geradeaus gerichtet. Ihre Finger krallten sich ineinander, sie wurde immer blasser um die Nase, während eine hübsche Frau mit schwarzem Haar und ebenso schwarzen Stiefeln von der Theke aus in unsere Richtung blickte. Sie war etwas älter als Hülya, Anfang 20 vielleicht. Die beiden kannten sich, das sah man an den bösen Blicken, die sie sich zuwarfen, während die Stiefellady aufstand und mit stolzen Schritten geradewegs an unseren Tisch kam. Sie legte gleich los, ziemlich giftig und auf Türkisch. Hülya blieb erstaunlich ruhig.

„Das ist Jürgen", sagte sie. „Und die junge Dame, die sich hier gerade aufführt, als hätte sie gar keine Manieren, ist meine Schwester Aygül."

„Hallo", sagte Aygül mit eiskaltem Blick und wandte sich wieder Hülya zu. Wieder schimpfte sie auf Türkisch, und wieder hatte ich das Gefühl, dass es um mich ging.

„Aygül spricht übrigens genauso gut Deutsch wie ich, auch wenn man das nicht vermuten würde."

Mir war nicht zum Lachen zumute. Ich verstand nichts und konnte mich nicht wehren. Ich spürte nur, dass sie sich gegenseitig drohten, bis die Stiefellady mit der flachen Hand auf den Tisch schlug.

„Reg dich ab, Aygül!", rief Hülya. Von der Theke kamen zwei weitere Mädels und redeten auf Aygül ein, bis sie zu dritt den Rückzug antraten.

„Es tut mir leid", sagte ich, obwohl ich mir eigentlich keiner Schuld bewusst war. „Kriegst du jetzt Ärger?"

„Ach was! Die spielt sich doch nur auf."

„Was hat sie denn gesagt?"

„Schwachsinn! Kompletten Schwachsinn hat sie erzählt! Komm, lass uns über etwas anderes reden."

Wir versuchten, das Gespräch wieder in Gang

zu bringen, aber Hülya hörte mir kaum noch zu. In Gedanken war sie woanders, und zehn Minuten später sagte sie plötzlich: „Ich muss jetzt gehen."

„Jetzt schon? … Okay, wenn du das sagst."

Sie zog ihre Jacke an, nahm ihren Deckel und wollte damit zur Theke.

„Lass mal, ich mach das. Und ich bringe dich auch nach Hause."

„Danke, das brauchst du nicht. Ich wohne hier ganz in der Nähe."

„Wohnst du nicht. Du wohnst irgendwo am Schwimmbad. Ich weiß doch, wo du morgens immer einsteigst."

Sie lächelte und boxte mir gegen die Brust.

„Jürgen, du bist zu schlau für mich. Aber du kannst mich trotzdem nicht nach Hause bringen. Mach's nicht noch schlimmer, okay? Ich ruf dich am Wochenende an. Versprochen!"

Immerhin durfte ich ihren Deckel bezahlen. Als ich an jenem Abend nach Hause kam, waren meine Eltern noch wach.

„Ist etwas passiert?", fragte ich, als ich sie nebeneinander auf dem Sofa sitzen sah, meine Mutter schon im Schlafanzug.

„Überraschung!", strahlte sie mich an. „Hab ich doch gesagt! Unten im Hof steht dein Weihnachtsgeschenk!"

„Aha."

Es war Ende November. Mein Weihnachtsgeschenk lag um diese Zeit traditionell im Kleiderschrank meiner Eltern, auf dem obersten Regalbrett, unter den Schlüpfern meiner Mutter. Irgendwann hatte ich aufgehört, schon vor der Bescherung danach zu suchen.

„Der Papa hat es gerade abgeholt!", rief meine Mutter ganz aufgeregt. „Wir können es nicht länger verstecken! Geht doch mal runter, ihr zwei!"

Mein Vater schritt voran. Ich folgte ihm durch die Kellertür in den Hof. Als er den Lichtkegel seiner Taschenlampe auf unsere Garagenauffahrt richtete, stockte mir der Atem. Da stand ein Fiat Panda vom Typ 141.

„Schöne Farbe, nicht wahr?", brüllte meine Mutter aus dem geöffneten Küchenfenster. Ich nickte zu ihr nach oben, obwohl dieses Jägergrün selbst im Dunkeln ziemlich schlimm war. Sei's drum. Mein erstes eigenes Auto. 30 PS, Stoßstangen aus schwarzem Plastik und Sitze, die an Campingmöbel erinnerten. Ich hätte weinen können vor Glück.

„Wir haben das von Anfang an so geplant", erklärte mir meine Mutter am nächsten Tag. Aus rein pädagogischen Gründen hätten sie mich drei Monate lang mit dem Bus fahren lassen. Als ich am darauf folgenden Montag um kurz nach sieben wie gewohnt zur Haltestelle marschierte, blickte meine Mutter mir ungläubig hinterher.

„Ich kann es dir nicht erklären", hatte ich am Frühstückstisch in ihr verdutztes Gesicht gesprochen, „ich muss eben noch ein paar Tage länger mit dem Bus fahren."

„Es ist wegen ihr, stimmt's? Wegen deiner kleinen Freundin. Jürgen, lass doch die Finger davon! Das bringt doch nur Ärger."

Hülya hatte sich am Wochenende nicht bei mir gemeldet. Ich hatte keine Adresse, keine Telefonnummer. Der Bus war meine einzige Chance.

Sie stand nicht an der Haltestelle, an jenem Morgen um 7.20 Uhr. Auch in den nächsten Tagen stieg sie dort nicht ein. Ich probierte es bei der Versicherung.

„Praktikanten stehen nicht im Telefonverzeichnis", sagte die Dame am Empfang und ließ keinen Zweifel daran, dass sie mir ohnehin keine Auskunft geben würde.

Zwei Monate später traf ich auf einem Stadtfest zufällig ihre Schwester. Arndt und ich standen im Gedränge vor einem Bierwagen, als sie mit einer Freundin an uns vorbeizog.

„Hallo, Aygül! Erinnerst du dich? Ich bin ein Bekannter von Hülya."

Sie beachtete mich gar nicht, zog ihre Freundin am Arm und ging schnell weiter.

„Ist Hülya denn auch hier? … Aygül, warte doch mal! Kannst du ihr nicht wenigstens etwas ausrichten?"

Sie liefen immer schneller, sie und ihre Freundin, versuchten unterzutauchen im Strom der Menschen, aber ich blieb dran.

„Bestell ihr schöne Grüße von Jürgen! Ich würde gerne noch mal mit ihr reden. Aygül! Was habe ich dir eigentlich getan?"

Wir erregten Aufmerksamkeit. Irgendwann wurde es ihr wohl zu bunt. Sie drehte sich um und kam auf mich zu.

„Hau ab!", zischte sie. „Lass uns endlich in Ruhe!

Hülya kann sich nicht mit dir treffen. Kapierst du das nicht?"

Ein kurzer Moment, in dem sie mich feindselig anblickte, dann ließ ich sie gehen.

Wir sahen uns nie wieder, Hülya und ich. Ich hätte darauf hoffen können, ihr plötzlich und unerwartet zu begegnen. Im Kino, an der Supermarktkasse, im Moody's. Aber es hätte nichts geändert. Also hoffte ich erst gar nicht.

30 Jahre später ist es dann doch noch passiert. Da steht sie plötzlich als Lehrerin meiner Tochter vor mir und sucht noch immer einen Freiwilligen für ihre blöde Wahl.

Du hast es geschafft, Hülya. Du hast tatsächlich studiert und kannst stolz auf dich sein. Im Moment wirkt sie jedoch alles andere als zufrieden.

„Sie können sich auch selbst vorschlagen", sagt sie matt. Der Spaß ist ihr vergangen. Es meldet sich einfach niemand, die Sache zieht sich wie Kaugummi. Täusche ich mich oder richtet sie ihre klugen, haselnussbraunen Augen jetzt direkt auf mich?

Bitte, Jürgen, mach du es! Erlöse mich, lese ich aus ihrem Hilfe suchenden Blick. *Um der alten Zeiten willen. Wir beide wären ein Wahnsinnsteam.* Zwei Herzen schlagen in meiner Brust, reißen mich widerstreitend hin und her. *Bitte, Jürgen, fleht ihr Blick erneut, tu es für mich!*

Ich will dieses Amt nicht, aber sie will mich, und wenn sie mich will, dann will ich es auch. Wie in Trance hebe ich schließlich den Arm.

„Also gut, wenn sich sonst niemand meldet, stelle ich mich zur Wahl."

Die Menge bricht in Jubel aus. Ich erhalte spontanen Applaus. Judith Kassmann umarmt mich. Hülya Yildirim strahlt. Mit einem Ergebnis, von dem jeder Parteivorsitzende nur träumen kann, werde ich zum Klassenpflegschaftsvorsitzenden der 9 b gewählt. Ich bin ihr Retter, ihr Held, und unser Apotheker wird mein Stellvertreter.

Wir kommen nun zu den eigentlichen Problemen. Das Essen in der Mensa schmeckt nicht, im Fahrradkeller wird ab und zu die Luft aus den Reifen gelassen und die Französischlehrerin hat vor den Ferien einen Test schreiben lassen, den sie immer noch nicht zurückgegeben hat.

War das nicht immer so?, wundere ich mich. Ich zücke mein Handy, um unter der Bank unauffällig nachzusehen, wie es beim Fußball steht, als mir plötzlich klar wird, dass die Lösung all dieser Probleme von mir erwartet wird.

„Ich kümmere mich drum", sage ich schnell, wie ich es in der Bank auch immer mache. Als Nächstes erhalte ich eine Einladung zur Schulpflegschaftssitzung in drei Tagen.

Gaby wird mich in der Luft zerreißen. Vielleicht sollte ich die zweite Halbzeit in irgendeiner Kneipe gucken und warten, bis sie im Bett ist. Aber morgen früh sieht die Welt auch nicht anders aus. Nein, ich sollte es so schnell wie möglich hinter mich bringen.

„Schatz", werde ich gleich sagen, „die Zivilgesellschaft braucht uns jetzt. Es ist an der Zeit, Verantwortung zu übernehmen."

Als die Veranstaltung um zwanzig nach neun geschlossen wird, schaut Frau Yildirim mich an. Wir lächeln uns zu. *Blume im Paradies* denke ich, als ich an ihr vorbeigehe, aber sie sagt nur: „Auf Wiedersehen, Herr Hansen."

Bärchenwurst

Immer der blöde Wochenmarkt. Und immer die Quatschtanten treffen. Nicht stehen bleiben, Mama. Komm, wir gehen weiter. Mama! Maama! Maaaama!!!

Bist du wohl still! Die Mama unterhält sich. Du wartest jetzt einen Moment.

Warten. Immer warten. Volle Kanne langweilig, das Warten. Und so anstrengend. Puh! Komm, Mama, weiter. Zum Metzger. Bärchenwurst kaufen. Warum kommst du denn nicht? Mama! Hier bin ich! Hörst du mich? Hier unten, Mama! Guck doch!

Stampfen. Immer lauter schreien. Und immer an der Hand hängen. Mit aller Kraft daran ziehen, mit dem ganzen Körper an ihr zerren, mit allen 15 Kilos. Der Arm wackelt, aber nicht das Bein. Kann ihre Füße nicht bewegen. Kann die Mama nicht bewegen. Kann gar nichts.

Max, ich habe es dir gerade erklärt! Ich unterhalte mich jetzt. Was soll denn die Frau Jansen von dir denken?

Bäh!!! Blöde Jansen-Quatschtante. Weg von der. Weitergehen. Mama, komm jetzt endlich!

Wenn du nicht sofort lieb bist, dann kaufe ich heute keine Bärchenwurst.

Doch! Bärchenwurst. Ich will das! Ich will!

Kinder, die was wollen, die kriegen was auf die Bollen.

Hast mir gar nichts zu sagen, blöde Frau Jansen. Tränchen runterschlucken. Das böse Gesicht machen.

Ach, wie süß! Jetzt macht er ein Schüppchen!

Mach kein Schüppchen. Mach dich gleich tot! Blöde

Jansen-Quatschtante.

Kinder sind so niedlich, wenn sie wütend sind.

Lach nicht. Du sollst nicht lachen. Sonst mach ich dich kaputt! Stampfen. Schreien. Die Luft treten. Den Boden treten. Die Mama treten.

So, Max! Das war's! Zur Strafe gibt es heute keine Bärchenwurst!

Doch.

Nein.

Bäärchenwuurst!!!

Komm, Max, wir gehen jetzt. Tschüss, Frau Jansen, schönen Tag noch.

Lass mich, Mama! Geh nicht an der Hand. Kann alleine.

Du bleibst jetzt bei mir! Du gehst mir noch verloren im Gedränge.

Will aber nicht! Geh nicht weiter. Mach mir die Beine aus Wackelpudding. Können nicht stehen. Knicken immer weg.

Wie du meinst, Max! Schmeiß dich ruhig hier hin. Ich gehe jetzt zum Metzger!

Böse Mama. Hau ab! Will dich nicht. Leg mein Gesicht auf den Boden. Rau ist der Boden und kalt. Schlag den Boden. Schlag die fremden Leute. Die vielen Beine. Die grünen Plastiktüten mit Äpfeln und Salat. Wo bist du, Mama? Warte auf mich.

Da vorne ist die Mama. Lauf schnell hinterher.

Zum Metzger. Hoch, Mama! Heb mich hoch.

Ich bin schon fertig. Wir gehen jetzt.

Bärchenwurst!

Max, es gibt heute keine Bärchenwurst. Du warst nicht artig.

Was nun? Zunge raus. Brett anlecken.

Lass das, Max. Da stellen die Leute ihre Taschen drauf. Nimm das bitte nicht in den Mund.

Weiterlecken. Mama guckt nicht. Auf das Brett hauen.

Mahax.

Noch mal draufhauen.

Max, hör sofort auf damit! – Was hat er denn heute? – Ein Böckchen. – Na ja, das wächst sich raus.

Und immer das Brett. Immer draufhauen mit der Faust. Aber es bricht nicht, das blöde Brett. Mama packt mich. Heute kein Sandmännchen. Meine Hand tut weh. Hast du mich noch lieb, Mama? Hilf mir! Ich kann nicht mehr.

Ist es jetzt wieder gut?

Mama hat so weiche Backen. Halt mich fest, Mama. Ich bin doch dein Freund.

Für immer mein Freund

„Ein Pfund Kirschen ohne Würmer", bestelle ich bei der hoch aufgeschossenen Marktfrau mit dem fahlen Gesicht, die mich aufgrund ihrer krisseligen Haare immer an eine Stange Porree erinnert.

„Die Würmer sind doch das Beste", ulkt sie, während sie eine Dreieckstüte aus braunem Papier vom Haken reißt. „Was meinen Sie, wie viele Proteine da drin stecken? Ein Drittel des Tagesbedarfs."

Ich lache höflich, und Max an meiner Hand lacht auch, obwohl er noch keine drei Jahre alt ist und den Witz nicht verstanden haben kann.

„Willst du ne Möhre?", fragt ihn die Marktfrau.

Er sagt ja, wie immer, wenn ihm etwas angeboten wird. Dann beißt er einmal rein und mag nicht mehr. Einen Mülleimer gibt es nicht auf diesem Marktplatz, also ab in meinen Korb damit, zu dem ganzen anderen angesabberten Zeug. Beim Bäcker haben wir ein Brötchen geschenkt bekommen, bei der Käsefrau ein Stück Gouda, beim Fischhändler zum Glück nur einen Lolli. Einzig die Scheibe Fleischwurst vom Metzger steht noch aus.

Der Metzger, dieser alte Mann mit dem weißen Kittel und der frischen Gesichtsfarbe, die nach eigenem Bekunden daher rührt, dass er seit 40 Jahren jeden Morgen eine Tasse Blut zum Frühstück trinkt, ist Max' Liebling. Ein Viertel Pfund Kindergesichtswurst kaufen wir Woche für Woche bei ihm, oder auch Bärchenwurst, wie Max sie nennt.

Wo der Metzgerwagen steht, weiß er ganz genau, im nächsten Gang auf der rechten Seite, also nimmt er, kaum dass ich die Kirschen bezahlt habe, meine Hand und zieht mich in diese Richtung. Als wir um die Ecke biegen, treffen wir Frau Jansen, unsere ehemalige Vermieterin, bei der wir gewohnt haben, bis wir letztes Jahr in unsere Doppelhaushälfte im Neubaugebiet gezogen sind.

Sie freut sich, uns zu sehen, und da ich meine gute Tat für heute noch nicht vollbracht habe, stelle ich meinen Korb ab und bleibe einen Moment bei ihr stehen. Es geht ihr gut, wie ich höre. Max sei gewachsen in den vergangenen zehn Monaten. Ich bestätige das und bin versucht, Frau Jansen zu erzählen, dass ich wieder schwanger bin. Sogar ein Ultraschallbild hätte ich schon zur Hand, auf dem sie allerdings nicht viel erkennen würde. Eine weiße Kidneybohne auf schwarzem Grund.

Während ich noch überlege, wird Max langsam ungeduldig. Er quengelt an meiner Hand. Ich werde ihn gar nicht beachten. Schließlich muss er lernen, dass er nicht dauernd dazwischenreden kann. Und jetzt redet nun mal Frau Jansen.

Sie beklagt sich über unsere Nachmieter, die, so hat es den Anschein, im Keller ein Altglasdepot errichtet haben und immer nur ins Treppenhaus lüften, anstatt mal ein Fenster zu öffnen.

Ich bin mir nicht sicher, ob mich das interessiert. Ohnehin habe ich Schwierigkeiten, ihren Ausführungen zu folgen, da Max an meiner Hand immer vehementer protestiert.

„Bist du wohl still! Die Mama unterhält sich. Du wartest jetzt einen Moment."

Frau Jansen spricht ungerührt weiter. Ich sage ab und zu „Ja, ja ... so, so" und hoffe, dass das halbwegs passt zu der Geschichte, die sie mir gerade erzählt. Nur Bruchstücke nehme ich davon auf, da auch Max sich von meinen Ermahnungen nicht beeindrucken lässt.

„Max!", schimpfe ich erneut. „Ich habe es dir gerade erklärt! Ich unterhalte mich jetzt. Was soll denn die Frau Jansen von dir denken?"

Falsch. Ganz falsch. Fremde Leute ins Feld zu führen ist überhaupt nicht erlaubt in einem Autoritätskonflikt. Wozu habe ich denn die ganzen Erziehungsratgeber gelesen? Ich müsste ihn am ausgestreckten Arm verhungern lassen, müsste ihn so lange ignorieren, bis mein Gespräch mit Frau Jansen beendet ist.

Das Problem ist nur, dass Max sich das nicht bieten lässt. Er schreit den ganzen Marktplatz zusammen und versucht mit aller Gewalt, mich von meinem Standort wegzuzerren. Wir erregen Aufmerksamkeit und das kann ich nicht leiden. Ich mag es nicht, wenn wildfremde Leute mich anstarren, wenn sie sich ein vernichtendes Urteil über mich bilden. *Guck dir die an,* werden einige denken, *wieder so eine, die es nicht im Griff hat.* Die unfähig ist, ihr Kind zur Ordnung zu rufen.

Und Recht haben sie auch noch, denke ich. Es geht tatsächlich nicht an, dass zwei erwachsene Menschen sich nicht unterhalten können, weil es einem Windelträger nicht passt. Max hat zu tun, was ich ihm sage.

Also immer raus mit der Keule.

„Wenn du nicht sofort lieb bist", sage ich und fasse ihn an den Schultern, „dann kaufe ich heute keine Bärchenwurst."

„Doch!", tobt er. „Bärchenwurst. Ich will das! Ich will!"

Warum macht er das? Ist sein erbsengroßes Gehirn etwa nicht in der Lage, die Tragweite meiner Drohung zu ermessen? Eine ganze Woche ohne Bärchenwurst! Ist es das wirklich wert?

„Ich will! Ich will!", schreit er immer weiter, so lange, bis Frau Jansen sich genötigt sieht, sich auch mal wieder in die Unterhaltung einzubringen.

„Kinder, die was wollen", erklärt sie mit gütigem Lächeln, „die kriegen was auf die Bollen!"

Unmerklich zucke ich zusammen, denke an letzten Freitag. Wir waren mit meiner Freundin Petra in der Stadt verabredet, waren schon spät dran, und Max wollte sich partout nicht anziehen lassen. Erst habe ich auf ihn eingeredet wie auf ein krankes Pferd, dann habe ich es mit Gewalt versucht.

„Ich ziehe dir jetzt die verdammte Hose an!", habe ich gebrüllt.

Er hat sich so gewehrt, dass ich kurz nach dem Duschen schon wieder nass geschwitzt war.

Da habe ich dann zugeschlagen. Auf den nackten Oberschenkel habe ich ihm eine geklatscht, dass die Stelle ganz rot war und meine Hand zehn Minuten später noch wehtat. Er hat sofort angefangen zu weinen. Hat seine kleinen Finger auf die Stelle gelegt und *Aua* geschrien. Ich habe auch geweint. Erschrocken habe ich ihn in den Arm genommen und an mich gedrückt.

„Das wollte ich nicht", habe ich geschluchzt. „Es tut mir so leid, mein kleiner Schatz."

Danach konnte ich ihn ganz leicht anziehen. Er hat keinen Widerstand mehr geleistet, hat alles getan, was ich wollte. Ich habe ihm immer wieder gesagt, wie lieb ich ihn habe, aber dass er sich auch benehmen müsse.

Die Scham lag schwer auf meiner Seele, so schwer, dass ich Petra davon erzählen musste.

„Bring ihn das nächste Mal einfach im Body mit", hat sie gesagt. „Das wird ihm eine Lehre sein."

Als ob das so einfach wäre. Was, wenn er sich den Tod holt? Oder wenn mich die Polizei anhält, weil ich bei Temperaturen um die 15 Grad ein Kleinkind in Unterwäsche hinten auf dem Fahrrad habe. Soll ich dann sagen: „Er wollte sich nicht anziehen lassen?" Ich habe Angst, dass es mir wieder passiert.

Max steht neben mir und guckt Frau Jansen böse an. Er hat sich ganz heiß geärgert. Dicke Tränen laufen über seine Wangen, die Unterlippe ist leicht vorgestülpt.

„Ach, wie süß!", sagt Frau Jansen. „Jetzt macht er ein Schüppchen!"

Provozier ihn nicht auch noch, schießt es mir durch den Kopf. Frau Jansen kann meine Gedanken nicht lesen, und natürlich ist ihr das alles auch herzlich egal. Sie trägt hier nicht die Verantwortung, sie amüsiert sich nur.

„Kinder sind so niedlich, wenn sie wütend sind", lässt sie sich vernehmen.

Eine Einschätzung, die ich im Moment nicht teilen kann. Wie Rumpelstilzchen führt Max sich auf. Er stampft auf den Boden, er tritt in die Luft. Als er – beabsichtigt oder nicht – mein Schienbein erwischt, hat er es endlich geschafft.

„So, Max! Das war's!", schimpfe ich. „Zur Strafe gibt es heute keine Bärchenwurst!"

„Doch!"

„Nein!"

„Bäärchenwuurst!!!"

„Komm, Max, wir gehen jetzt!", zische ich und schnappe mir meinen Einkaufskorb. „Tschüss, Frau Jansen, schönen Tag noch!"

Der Abschied kommt etwas abrupt, aber wenn wir noch länger hier herumstehen, vergesse ich mich. Ich nehme Max an der Hand und ziehe ihn hinter mir her. Er behauptet, er könne alleine laufen, und wehrt sich mit allem, was er hat.

„Du bleibst jetzt bei mir! Du gehst mir noch verloren im Gedränge."

Daraufhin lässt er sich fallen, hat auf einmal keine Knochen mehr im Leib. Ich schleife einen Mehlsack hinter mir her. Einen schreienden Mehlsack. Wieder gucken die Leute. Manch einem steht das Wort *Jugendamt* auf der Stirn.

„Wie du meinst, Max!", schnaube ich wütend. „Schmeiß dich ruhig hier hin. Ich gehe jetzt zum Metzger!"

Das Kind wird seiner Mutter folgen, steht in den Erziehungsratgebern. Es erträgt es nicht, wenn die Mutter sich von ihm entfernt.

Nach zehn Metern sehe ich mich das erste Mal um. Er liegt noch immer an derselben Stelle, heult und trommelt mit seinen Fäustchen auf den kalten Boden. Ich gehe langsamer. Schritt für Schritt. So langsam, dass ich fast umfalle. Aber ich gehe.

Komm, Max, komm hinterher. Wie lange kann ich das noch durchziehen? Wenn ihn nun jemand schnappt und ihn einfach mitnimmt? Oder wenn er aufsteht und in die falsche Richtung läuft, vor ein Auto womöglich? *Komm, Max, komm hinterher.*

Wieder drehe ich mich unauffällig um. Einen Meter noch, vielleicht zwei, dann muss ich zurückgehen.

„Da vorne ist die Mama", höre ich eine Frau rufen. „Lauf schnell hinterher!"

Er kommt. Über die Schulter sehe ich, dass er mir folgt. Wenn ich stehen bleibe, bleibt er auch stehen. Er will mich nicht einholen, er will mich nur nicht komplett aus den Augen verlieren.

Ich habe Glück, beim Metzger ist gerade kein Betrieb. Nach kurzer Wartezeit bin ich schon dran, nehme eine Lage Schinken, etwas Kasslerbraten und Salami.

„Hoch!", befiehlt Max, als er endlich ankommt.

Er will, dass ich ihn auf das Brett für die Einkaufstaschen setze, damit er die Auslage besser bewundern kann.

„Ich bin schon fertig", sage ich lapidar. „Wir gehen jetzt."

„Bärchenwurst!", mahnt er mit verschränkten Armen an.

„Max, es gibt heute keine Bärchenwurst. Du warst nicht artig."

„Oho!", macht der Metzger mit gespielter Strenge und nennt mir den Betrag, den ich ihm schuldig bin. Ich krame in meinem Portemonnaie und bemerke aus dem Augenwinkel, wie Max die Zunge rausstreckt und die Taschenablage ableckt.

„Lass das, Max. Da stellen die Leute ihre Taschen drauf. Nimm das bitte nicht in den Mund."

Er macht weiter. Ich versuche, nicht an Streptokokken zu denken, ich versuche, an gar nichts mehr zu denken. Meine Nerven sind am Ende. Während ich dem Metzger einen Schein über die Theke reiche, schlägt Max mit der Faust auf das Ablagebrett.

„Mahax!"

Er haut noch einmal drauf. Diesmal kräftiger.

„Max, hör sofort auf damit!"

„Was hat er denn heute?"

„Ein Böckchen."

„Na ja, das wächst sich raus", sagt der Metzger.

Er versucht zu lächeln, aber man sieht ihm an, dass es ihm lieber wäre, mein Sohn würde zur Abwechslung mal etwas anderes demolieren als immer nur seinen Wagen.

Ich packe die Faust, die das Brett schlägt, und halte sie fest.

„Sandmännchen ist heute gestrichen", zische ich ihm ins Ohr.

Als er wieder nicht laufen will, klemme ich ihn mir unter den Arm, setze ihn aber schon nach wenigen Metern wieder ab. In meinem Zustand kann ich ihn unmöglich bis zum Parkplatz schleppen. Was, wenn er mir in den Bauch tritt?

Ich schließe kurz die Augen und atme tief durch. Hier, genau an dieser Stelle zwischen holländischen Schnittblumen und Jeanswaren aus Bangladesh werden wir stehen bleiben und warten, bis der Anfall vorüber ist. Mittlerweile ist es mir egal, wie lange das dauert oder was die Leute darüber denken. Es gibt nun mal keinen anderen Weg.

Der Marktmeister kommt und kassiert die Standgebühr von den Händlern. Drüben, auf der anderen Straßenseite, steckt ein Kind ein Papiertaschentuch in den Gulli. An der Bushaltestelle sitzt einer und trinkt sein Bier. Eine Taube kackt auf den Gehweg. Sicher gibt es irgendwo jemanden, der sich über all das aufregt, denke ich und werde langsam ruhiger.

Als Max zu mir kommt und sich schluchzend an mich schmiegt, gehe ich in die Hocke und nehme ihn in den Arm.

„Ist es jetzt wieder gut?", frage ich.

Er reibt seine Wange an meiner, so als könnte er mir gar nicht nah genug kommen, als würde er am liebsten zurück in meinen Bauch kriechen.

„Ich bin doch dein Freund", wimmert er, in der genuschelten Sprache der Zweieinhalbjährigen, die außer mir noch kaum jemand versteht.

Ich streiche ihm über den Kopf. Er streckt mir seine Ärmchen entgegen, und obwohl es mir der Arzt verboten hat, nehme ich ihn hoch und trage ihn zum Auto.

Krümel

„Wir müssen reden", sagt Barbara, als sie zu mir in die Küche kommt. „Du hast doch gerade nichts zu tun. Können wir kurz ins Wohnzimmer gehen?"

Es ist Dienstagabend. Vor einer halben Stunde bin ich aus dem Büro nach Hause gekommen. Die Anspannung des Tages steckt mir noch in den Knochen, aber soweit ich weiß, habe ich keine Termine mehr im Kalender, keine Chauffeursverpflichtungen oder Reparaturaufträge, die nicht ebenso gut bis morgen warten könnten. Also habe ich mir einen Cappuccino gemacht und mich mit der Tageszeitung an unseren Küchentisch gesetzt.

„Was liegt denn an?", brumme ich in unheilvoller Erwartung. „Schon wieder meine Mutter? Will sie jetzt doch mit uns in den Urlaub fahren? Oder hat sie mal wieder damit gedroht, ihr gesamtes Vermögen der Putzfrau zu hinterlassen?"

Barbara schüttelt den Kopf.

„Dann hat es wohl mit den Kindern zu tun. Lass mich raten ... Isabell hat sich piercen lassen. Gesicht oder Bauchnabel?"

„Nein", sagt Barbara. „Es ist ... ein bisschen komplizierter."

„Komplizierter ... also Noah. Angeblich hat er nichts gemacht – *Das war doch vorher schon kaputt!* – und dennoch steht plötzlich dieser Fremde vor unserer Tür und will Geld von uns."

Barbara verdreht die Augen.

„Auch nicht. Dann bleibt ja nur noch Sophie. Geht es wieder um ihren blöden Facebook-Account? Den kriegt sie nicht! Nicht mit zwölf! Da brauchen wir gar nicht zu diskutieren."

„Johannes", stöhnt Barbara. „Können wir *bitte* ins Wohnzimmer gehen?"

Ihr Gesichtsausdruck ist ernst. Nervös kaut sie auf ihrer Unterlippe.

„Wir müssen reden", wiederholt sie recht förmlich. „In Ruhe."

Und das beunruhigt mich jetzt doch. Ruhe ist ein seltenes Gut in diesem Haus, aber versuchen können wir es mal. Die Kinder sind alle oben. Seit geraumer Zeit läuft die Dusche, in sämtlichen Räumen brennt Licht, und mindestens zwei Radios dudeln vor sich hin.

„Komm", sagt Barbara und macht sogar die Tür hinter uns zu, „setz dich bitte."

So bedröppelt wie sie guckt, rechne ich inzwischen mit dem Schlimmsten. Ist jemand gestorben? Meine Mutter vielleicht? Als ich gestern mit ihr telefonierte, ging es ihr noch gut.

„Mach es nicht so spannend, Barbara."

Sie setzt sich neben mich, ergreift meine Hand und schluckt.

„Es ist Folgendes. Ich war … ich war heute Morgen …"

„Einfach raus damit, Barbara! Komm!"

„Also gut, wie du willst."

Sie holt tief Luft, und dann sagt sie es endlich. Es ist nur ein kurzer Satz. Vier Worte, die mich schnell und ohne Vorwarnung treffen, wie ein Messerstich aus dem Hinterhalt.

„Ich bin schwanger, Johannes."

„Nein."

„Doch."

„Barbara", stammle ich, „das kann doch nicht wahr sein! Das glaube ich einfach nicht."

„Es ist aber so."

Sie lehnt ihren Kopf an meine Schulter, will sich an mich schmiegen, aber ich bin so starr vor Schreck, dass ich nicht einmal ihren Händedruck erwidern kann.

„Wie konnte das passieren?", frage ich fassungslos. „Hast du etwa nicht aufgepasst?"

Sie rückt ein Stück von mir ab und blickt mich entrüstet an.

„Was heißt denn *nicht aufgepasst*?", schimpft sie. „Natürlich habe ich aufgepasst! Das kann trotzdem passieren!"

„Nicht, wenn du die Pille richtig genommen hättest."

„Das habe ich ja! Ich wollte abnehmen. Nicht viel – zwei, drei Kilo vielleicht, die ich einfach nicht runterkriege. Und da hat Heike mir diese Tabletten empfohlen. Diesen Lipidbinder. Ein Schlankheitsmittel aus der Apotheke."

„Ja und?"

„Dr. Schauber sagt, prinzipiell verträgt es sich schon mit der Pille, aber um ganz sicher zu gehen, hätte man bei der Einnahme einen Zeitabstand von mindestens vier Stunden einhalten müssen. Woher hätte ich das denn wissen sollen?"

„Aus dem Beipackzettel?!"

Die Wohnzimmertür wird aufgestoßen, so schwung-voll, dass sie am Ende ihrer Flugbahn gegen die Wand kracht und vermutlich eine weitere Kerbe in die Tapete schlägt. Sophie stürmt herein.

„Mama, ich brauche schwarzes Tonpapier! Ganz dringend. Haben wir so was?"

„Pass mit der Tür auf!", stöhne ich.

„Jaaa", mault sie. „Können wir mal im Keller gucken, Mama?"

„Jetzt nicht, Sophie. Papa und ich haben etwas Wichtiges zu besprechen."

„Aber ich brauche es für die Schule!"

„Für wann?"

„Ja für morgen!"

„Sophie, wo soll ich denn jetzt schwarzes Tonpapier hernehmen? Du musst mir demnächst früher Bescheid sagen."

„Toll, Mama! Echt! Ich krieg voll den Ärger, wenn ich das morgen nicht habe! Kannst du nicht mal eben losfahren, welches kaufen?"

„Nein, Sophie, ich habe jetzt keine Zeit."

„Dann schick doch den Papa!"

„Pass mal auf, Fräulein!", brülle ich, den Zeigefin-ger scharf auf sie gerichtet. „Du kannst dich mal ganz schnell auf dein Fahrrad schwingen und selber losfah-ren! Noch sind die Läden auf."

Sophie bricht in Tränen aus.

„Ihr seid so gemein!", schluchzt sie. „Außerdem

springt die Kette dauernd ab."

„Wo? An deinem Fahrrad? Johannes, das geht aber nicht! Da musst du dich drum kümmern. Sie muss doch mit dem Rad zur Schule fahren!"

„Jaaa, ich kümmere mich drum! Meine Güte! Kann man hier nicht mal *ein* Gespräch in Ruhe zu Ende führen?"

„Sophie, geh erst mal wieder in dein Zimmer. Wir regeln das später."

„Tür zu!", brülle ich noch hinter ihr her.

Eine Zeit lang sitzen wir schweigend auf dem Sofa, Barbara und ich, jeder in seine eigenen Gedanken versunken. Meine Kehle ist wie zugeschnürt.

„Was sollen wir denn jetzt machen?", presse ich leise hervor. Barbara nimmt mich in den Arm und streicht mir über den Rücken.

„Ich kann verstehen, dass du geschockt bist", sagt sie. „Aber wir schaffen das schon."

Sie wirkt erstaunlich gefasst, dafür, dass sie es selbst erst vor Kurzem erfahren hat. In mir reift ein übler Verdacht.

Das war kein Unfall, liegt es mir auf der Zunge. *Du hast es so gewollt. Du kannst dich nicht damit abfinden, dass die Kinder immer größer werden, dass du bald nichts mehr zu glucken hast. Und jetzt willst du mir ein viertes unterjubeln. Du hast mich hintergangen, Barbara.*

Ich öffne den Mund, will meinem Ärger gerade Luft machen, als die Wohnzimmertür ein weiteres Mal aufgestoßen wird.

„Mama!", keift Isabell. „Noah hat sich die Haare gewaschen und schon wieder mein Handtuch benutzt! Sieh dir das an!"

Das hellgelbe Frotteetuch, das sie uns als Beweisstück unter die Nase hält, ist nass und weist ein paar graue Schmierstreifen auf.

„Stimmt ja gar nicht", brummt Noah, der in diesem Moment, nur mit Unterhose und T-Shirt bekleidet, hinter ihr hergeschlichen kommt. „Sind das jetzt alles deine Handtücher oder was?"

„Das Handtuch, das an *meinem* Haken hängt, ist meins, du Spacko! Mama, sag ihm, er soll demnächst ein anderes nehmen, wenn er sich seine Fettmütze wäscht!"

„Sag es ihm selber."

„Dann sag ihm wenigstens, dass er Shampoo benutzen soll! Guck dir die Sauerei doch mal an!"

Wieder hält sie Barbara das streifige Handtuch unter die Nase.

„Noah! Über die Sache mit dem Shampoo haben wir wirklich schon tausend Mal gesprochen."

„Ey, Leute", nuschelt Noah, wie üblich kaum hörbar. „Jetzt regt euch mal nicht künstlich auf."

Dann nimmt er die Fernsehzeitung vom Wohnzimmertisch, setzt sich neben mich und informiert sich in aller Ruhe über das heutige Abendprogramm.

„Mama, das glaube ich jetzt nicht!", schimpft Isabell. „Setz dich doch bitte mal durch!"

„Boah, was geht hier eigentlich ab? Kann mal einer die hysterische Kuh rausschmeißen? Wie soll man denn dabei in Ruhe chillen?"

„Ich halte das nicht mehr aus", sage ich. „Ich haue ab."

Verdutzt schauen sie mich an.

„Johannes!", ruft Barbara hinter mir her. „Bleib doch hier! Mach jetzt keinen Quatsch!"

Überhastet springe ich in meine Schuhe und klopfe die Jackentaschen ab. Geld, Schlüssel, Handy, Papiere. Alles am Mann.

Als die Haustür hinter mir ins Schloss fällt, wird mir bewusst, dass ich keinen Plan habe. Ich möchte nirgendwo hin, ich will niemanden treffen, ich muss einfach nur ein paar Liter Adrenalin aus meinem Körper pumpen. Also hole ich mein Fahrrad aus der Garage und trete kräftig in die Pedale. Eine knappe Stunde fahre ich ziellos durch die Gegend, die altbekannten Wege auf und ab, bis der Feierabendverkehr schließlich zum Erliegen kommt und kaum noch jemand auf der Straße ist. In den Wohnungen brennt Licht, Fernseher flimmern hinter den Fensterscheiben, die ersten Rollläden werden heruntergelassen. Ich bin völlig ausgepowert, auf angenehme Weise erschöpft. Das ersehnte Gefühl von Ruhe und Frieden ergreift endlich Besitz von mir, und Durst habe ich auch.

Da vorne ist eine Kneipe. *Bei Freddy* blinkt es in neongrünen Leuchtbuchstaben über dem Eingang. Die Birne hinter dem *F* ist kaputt, das ganze Schild hängt schief in der Verankerung. Unschlüssig steige ich von meinem Rad und schiebe es auf den Bürgersteig. Die Kneipentür steht offen, aber man sieht nur in einen braun gekachelten Windfang, hinter dem es gleich um die Ecke geht. Die Fenster zur Straße hin sind staubig, der Lebensbaum im Plastikkübel neben dem Eingang ist wohl letztes Jahr schon vertrocknet. Es macht nicht den allerbesten Eindruck, dieses Lokal, aber für heute reicht es. *Nur ein, zwei Bierchen*, denke ich und kette mein Rad an einen Laternenpfahl.

Als ich den Schankraum betrete, liegt dort ein Bernhardiner lang ausgestreckt auf dem Boden. Die Tische sind eng gestellt, ich kann weder rechts noch links an ihm vorbei, also warte ich, ob ihn jemand zurückpfeift. Die einzigen Gäste sind zwei Männer im Rentenalter, die im Abstand von mehreren Metern schweigend an der Theke hocken. Der Jüngere der beiden erhebt sich, allerdings nicht, um sich um den Hund zu kümmern, sondern um den Geldspielautomaten an der Wand zu füttern, der in diesem Moment mit grellen Lichtern und dem üblichen Kirmesgedudel auf sich aufmerksam macht.

Hinter dem Tresen ist niemand. Ich registriere den Fernseher, der oben links in der Ecke hängt und ohne Ton läuft, dann wende ich mich wieder dem Hund zu.

„Na, alter Knabe? Wer von uns beiden hat die grauere Schnauze? Du oder ich?"

Er streckt mir seinen dicken Kopf entgegen und schnuppert an meinem Hosenbein. Ich versuche, ihn zur Seite zu schieben.

„Komm, Bello, lass mich mal vorbei."

Der Hund reißt das Maul auf, gähnt und legt sich wieder hin.

„Nicht mal der Köter hört auf mich", murmle ich,

während ich über seinen massigen Körper steige und auf die Theke zusteuere.

„Guten Abend allerseits."

Ich setze mich auf einen freien Barhocker, mittig zwischen die beiden anderen Biertrinker, die sich von meinem Gruß in keinster Weise beeindrucken lassen. Der Jüngere hat sein Geld wohl schon verzockt und sitzt wieder auf seinem Platz. Sympathischer erscheint mir ohnehin der andere, also der kleine Mann links von mir, mit dem schütteren Haar und dem Kugelbauch, der sich bis zum Hals erstreckt. Er trägt ein weißes Hemd ohne Krawatte und einen unmodernen, grauen Anzug. Ungelenk rutscht er von seinem Hocker herunter, greift in die Hosentasche und zieht eine Handvoll Kleingeld heraus. Die Augen zu schmalen Schlitzen verengt, fängt er an zu sortieren, legt ab und zu eine Münze auf den Tresen, bis er den gewünschten Betrag beisammen hat.

„Freddy!", brüllt er aus tiefster Kehle. „Machst du mir noch ein Pils?"

Der Wirt kommt um die Ecke geschossen. Er hat sich wohl in einem Raum hinter der Theke aufgehalten, in dem ich ein vollgestopftes Regal erblicke und jede Menge Getränkekästen.

„N' Abend! ", flötet er, während er sich die Hände an einem Geschirrtuch abtrocknet. „Was darf's sein?"

„Der Herr hier war vor mir da."

„Ja, ja. Der ist auch nachher noch da. Stimmt's, Willi?"

Der Mann, den sie Willi nennen, schiebt dem Wirt sein abgezähltes Kleingeld herüber.

„Ist ja gut, Willi. Ich mach dir noch eins."

„Für mich auch ein Pils", sage ich, als der Wirt mich auffordernd ansieht.

„Jawoll! Kommt sofort. Eine Hopfenkaltschale für den jungen Mann hier! Wisst ihr was, Freunde? Ich trinke auch noch eins mit. So jung kommen wir nicht mehr zusammen."

Ich lache kurz, aus reiner Höflichkeit. Die gesellige Stimmung, die der Wirt krampfhaft zu erzeugen versucht, passt mir eigentlich nicht in den Kram. Ich dachte, dies sei der Ort, an dem ein Mann in Ruhe in sein Bier weinen könnte.

Mir ist immer noch warm vom Fahrradfahren. Ich ziehe meine Jacke aus und lege mein Handy auf die Theke. Vielleicht rufen sie ja gleich an, Barbara und die Kinder, um zu fragen, wo ich bin. Dann werde ich einfach nicht rangehen.

„Zum Wohl!", sagt der Wirt und reicht mir ein Pils mit perfekter Schaumkrone über den Tresen. Wir stoßen kurz an – Willi, der Wirt und ich –, der Wirt macht einen Strich auf meinen Deckel, steckt sich den Bleistift zurück hinters Ohr und grinst.

„Gleich noch eins?", fragt er, als er sieht, dass ich schon ausgetrunken habe.

„Ja, bitte."

Das zweite setze ich zwischendurch einmal ab. Beim dritten meint der Wirt, er hätte auch größere Gläser. Und beim vierten sagt er: „Scheiß Tag heute, was?"

„Hm. Könnte man sagen."

„Ärger mit der Frau?"

„Yep … Spätestens, wenn ich nach Hause komme."

Er lacht, vielleicht auch aus Höflichkeit. Ich schaue ihm etwas genauer ins Gesicht. Er hat einen lustigen Walrossbart und einen hellwachen Blick, der schnell hin und her wandert. Neugierde und Menschenkenntnis sind vermutlich die Grundvoraussetzungen für seinen Job. Dennoch erstaunt es mich, dass er mein Problem so schnell erfasst hat.

„Sind Sie auch verheiratet?", frage ich ihn.

„Quatsch, ich bin der Freddy!", sagt er und streckt mir sein Glas entgegen. Ich verstehe nicht, inwieweit das meine Frage beantwortet, und gucke ihn ziemlich blöd an.

„Ach so", sage ich schließlich. „Johannes."

Wir prosten uns zu und trinken einen Schluck. Mein neuer Duzfreund wischt sich mit dem Handrücken den Schaum aus dem Bart.

„Nö", nuschelt er etwas verlegen. „Verheiratet bin ich nicht. Das hat sich nie so richtig ergeben, und jetzt ist es zu spät. Eine Junge kriege ich nicht mehr, und eine Alte will ich nicht."

„Ja", stimme ich ihm zu, „man muss schon zusammen alt werden, damit einen die Marotten nicht stören. Meine Frau und ich, wir wollten gerade damit anfangen."

„Womit?"

„Mit dem Zusammen-alt-werden."

„Du bist doch noch blutjung."

„Na ja, kommt drauf an. *Vierzig Jahre sind das Alter der Jugend, fünfzig die Jugend des Alters*, hat Victor Hugo mal gesagt."

„So so. Und wie alt bist du?"

„Ich? Ich bin irgendwo dazwischen. 46, wenn du es genau wissen willst. Meine Frau ist sogar noch fünf Jahre jünger. Wir hätten ganz von vorne anfangen können. Endlich alles nachholen, worauf wir so lange verzichtet haben."

Er nickt, obwohl er unmöglich wissen kann, wovon ich rede.

„Ja, und jetzt?", fragt er vorsichtig.

„Jetzt?" Ich trinke einen Schluck Bier und lecke mir über die Lippen, während ich das Glas wieder abstelle.

„Jetzt ist sie schwanger."

„Oha!"

Die Rädchen hinter seiner Stirn drehen sich auf Hochtouren, das sieht man ihm an, aber sie greifen nur mühsam ineinander. Ist das gut oder schlecht? Er ist sich nicht sicher.

„Komm, wir trinken noch einen", sagt er, während er mit einem ziemlich schmierigen Lappen über das Abtropfblech seiner Zapfanlage wischt. „Willi, was ist mit dir?"

Ich kann nicht mit ansehen, wie Willi sich erneut von seinem Hocker quält, um zu prüfen, ob das Kupfer in seiner Hosentasche noch 1,30 Euro ergibt, und gebe ihm kurzerhand einen aus. Den Typen rechts von mir lade ich nicht dazu ein, der scheint ohnehin zu viel Geld zu haben. Gerade eben ist er wieder aufgestanden und hat eine weitere Münze in den Spielautomaten gesteckt. Die Walzen in der Maschine beginnen, sich zu drehen.

Gespannt schauen wir alle hinüber. Zwei Siebener auf gelbem Stern. Aber als die mittlere Rolle endlich stehen bleibt, zeigt sie keine Ziffer, sondern eine Zitrone.

„Tja, Horst", sagt Freddy, „so ist das im Spiel. Gestern hattest du kein Glück und heute kommt auch noch Pech dazu."

Freddy grient, und selbst Willi kichert leise vor sich hin.

Wir hören Schritte hinter uns, Stöckelschuhe, die über die Bodenfliesen im Windfang tippeln, wenn ich mich nicht irre.

„Hallo Jungs, wie geht's, wie steht's?", ruft eine piepsige Frauenstimme. „Freddy, machst du mir mal einen Tee? Mit Schuss, bitte. Ich friere mir heute wieder den Arsch ab."

Komisch, denke ich, vorhin, als ich kam, war es noch nicht besonders kalt draußen. 15 Grad und leichter Wind, kein Grund, Jagertee zu trinken. Aber sie ist nicht richtig angezogen für dieses Wetter, stelle ich fest, als sie über den Bernhardiner steigt und sich auf den Barhocker neben mir setzt.

„Mensch, ist das ein ätzender Tag heute! Zwei Kunden erst in drei Stunden! Kannst du dir das vorstellen, Freddy? Aber bei dir ist ja auch nichts los."

„Dienstags ist immer tote Hose, das weißt du doch."

„Dann mach doch Ruhetag! Einen Abend in der Woche könntest du auch mal zu Hause bleiben."

„Zu Hause?", sinniert Freddy, während er einen Teebeutel aus dem Schrank holt und ihn in die Tasse hängt. „Was soll ich denn da? Da kennen sie mich doch alle."

Er lächelt verlegen. Keiner stellt ihn bloß, dabei weiß selbst ich inzwischen, dass Freddy niemanden hat. Wahrscheinlich sitzt er jeden Abend hier mit Willi und Horst, seinen treuesten Stammkunden, Gestrandete wie er, mit denen die Welt da draußen nichts zu tun haben will.

Wie oft habe ich von so einem Leben geträumt in den letzten Jahren, habe mir gewünscht, Barbara würde die Kinder ins Auto packen und mit ihnen verreisen. An die Nordsee vielleicht oder auf einen Bauernhof im Sauerland, völlig egal wohin. Ich hätte das gerne bezahlt, wenn ich dafür mal eine Woche lang meine Ruhe gehabt hätte.

Eine Woche fernsehen bis spät in die Nacht hinein, Pizza aus dem Karton essen, Dosenbier trinken, ungeniert rülpsen und furzen, wann immer mir danach wäre. Eine Woche nur für mich selbst verantwortlich sein, nur das tun, was *ich* wollte und alles andere einfach lassen.

Ich habe sie nie bekommen, diese Auszeit. Aber Barbara auch nicht. Ich war wohl immer derjenige, der sich beklagt hat. Dabei bietet mein Leben auch Vorteile. Wenigstens muss ich keine dubiosen Internetbekanntschaften eingehen oder wildfremde Leute belästigen, damit überhaupt mal jemand mit mir spricht. Ich muss mich nicht über Falschparker aufregen, über Zigarettenkippen auf dem Bürgersteig oder das Unkraut im Nachbargarten. Ich habe immer meine eigenen Sorgen, die mich auf Trab halten.

Selbstverständlich ist das nicht, im Gegenteil, es

ist schon so eine Art Glück, denke ich, während ich Freddy dabei zusehe, wie er dem Fräulein neben mir einen ordentlichen Schluck Rum in ihren heißen Tee gießt.

„Danke", sagt sie. „Du bist ein Schatz."

Unauffällig, wie ich meine, schiele ich zu ihr hinüber. Ich verweile einen Moment bei ihren langen, gekonnt übereinandergeschlagenen Beinen, die in schwarzen Netzstrümpfen und Hot Pants stecken. Dann arbeite ich mich zu ihrer Corsage hinauf, einem langärmeligen, äußerst unbequem anmutenden Mieder aus schwarzem Hochglanzlack, das man sicher nur im Fachhandel beziehen kann.

Sie bemerkt ihn sofort, meinen verstohlenen Blick, und versteht ihn als schüchterne Form der Geschäftsanbahnung.

„Na?", haucht sie. „Kann ich irgendetwas für dich tun?"

Ihr Mieder knarzt und quietscht bei jeder Bewegung. Ich bemühe mich, nicht rot zu werden. Schließlich bin ich ein gestandener Familienvater und kein Schuljunge mehr.

„Nein", räuspere ich mich, „vielen Dank. Alles bestens."

„Du wirkst aber ziemlich verspannt", sagt sie. Sie beugt sich zu mir herüber und hält mir ihr Dekolleté unter die Nase. „Ich habe da ein paar ganz tolle Tricks auf Lager. Gar nicht so teuer, wenn du ein Auto hast."

„Sehr freundlich, aber ich bin mit dem Fahrrad gekommen. Ich möchte hier einfach nur mein Bier trinken."

„Das sagen sie alle …"

„Tatsächlich?"

„Am Anfang schon."

„Lass gut sein, Mandy!", mischt Freddy sich ein. „Such dir deine Kunden woanders."

Dass sie so tun, als würden sie uns nicht beobachten, Willi, Horst und er, dass sie scheinbar unbeteiligt in ihr Bier starren, dabei aber jedes Wort mithören, stört mich bei der Geschichte am meisten.

Mandy heißt die Dame also. Ob das so eine Art Künstlername ist? Aus dem Augenwinkel schaue ich sie mir etwas genauer an. Hübsch ist sie nicht, nur ziemlich dürr und stark geschminkt. Aber sie ist jung. Jedenfalls jung genug, um Mandy zu heißen.

„Wir können uns auch später noch treffen", säuselt sie. „Ich stehe in der Wagnerstraße, hier gleich um die Ecke. Da, wo früher das Autokino war. Kennst du das?"

„Nein. Und ich bin wirklich nicht in der Stimmung …"

„Das können wir doch ändern!"

Als sie ihre Hand auf meinen Oberschenkel schiebt, reicht es mir.

„Pass auf, du bist überhaupt nicht mein Typ!", errege ich mich. „Ich mag keine Frauen mit kurzen Haaren, erst recht nicht, wenn sie so schlecht gefärbt sind wie deine! Dieses Wasserstoffblond finde ich einfach nur prollig, besonders in Kombination mit schwarzen Augenbrauen. Dein Zungenpiercing gefällt mir nicht, ebenso wenig wie dein rosa Lippenstift. Aber das Allerschlimmste, das was mich wirklich abtörnt, ist deine Zahnlücke!"

Reflexartig setze ich die Brille ab und wappne mich gegen ihren Angriff. Ich bin fest davon überzeugt, dass sie mir im nächsten Moment ihre Handtasche über den Kopf zieht oder wenigstens ihre lackierten Fingernägel ins Gesicht schlägt.

Aber sie verzieht lediglich den Mund zu einem amüsierten Grinsen. Vielleicht hat sie einen besseren Plan. Vielleicht ruft sie einfach ihren Zuhälter an, und der schickt dann zwei Gorillas vorbei, die mich zusammenschlagen, sobald ich dieses Lokal verlasse. Mir wird abwechselnd heiß und kalt. Warum kichert sie denn jetzt so blöd?

„Du hast mir wirklich ins Gesicht geschaut?", fragt sie fasziniert. „Du interessierst dich dafür, wie meine Visage aussieht? Du bist ja süß."

Immer noch gibbelnd zieht sie eine Schachtel Zigaretten und ein Feuerzeug aus ihrer Handtasche.

„Auch eine?"

Ich schüttle den Kopf, stehe auf und gehe zur Toilette.

„Kann ich bitte zahlen?", frage ich, als ich zurückkomme.

„Hey, nichts für ungut! Ich wollte dich nicht vertreiben!"

Ihr Lächeln ist offener, viel natürlicher als vorhin.

„Schon gut. Ich sollte jetzt besser gehen."

„Er hat eine schwangere Frau zu Hause", erklärt

Freddy, während er meinen Deckel nimmt, um die Striche zu addieren.

„Echt? … Herzlichen Glückwunsch! … Das ist doch toll!"

„Na ja, geht so."

„Warum? … Magst du keine Kinder?"

Diesmal bin ich derjenige, der nicht glauben kann, was er da hört.

„Ob ich keine Kinder mag, fragt sie! Der ist gut. Den muss ich mir merken."

Sie blickt mich verständnislos an, also hebe ich meine Hand und zähle es ihr an den Fingern ab.

„Erstens", sage ich mit hochgerecktem Daumen, „habe ich eine 16-jährige Tochter, die schon schlechte Laune bekommt, wenn man sie nur anguckt. Zweitens habe ich einen 14-jährigen Sohn, der sich den ganzen Tag unter seinen Kapuzensweatshirts versteckt und so leise vor sich hin brummt, dass ich für gewöhnlich kein Wort verstehe, wenn ich mit ihm rede. Und drittens habe ich eine zwölfjährige Tochter, die zwar in Tränen ausbricht, wenn sie erfährt, dass ich ihre Puppenstube bei Ebay versteigert habe, sich dann aber von dem Erlös einen String-Tanga kaufen will! Ich habe gefühlte zehn Jahre lang nicht vernünftig durchgeschlafen. Eine ganze LKW-Ladung an Windeln habe ich gewechselt, über 30 Kindergeburtstage ausgerichtet und mir etliche Wochenenden bei irgendwelchen Bambini-Turnieren um die Ohren geschlagen. Natürlich mag ich Kinder!"

„Na ja, komm!", sagt Mandy abschätzig, während sie ihren Kopf in den Nacken wirft und den Zigarettenrauch ausatmet. „Das meiste wird wohl deine Frau gemacht haben."

„Ach ja? Woher willst *du* das denn wissen?"

„Ganz einfach. Ich habe auch einen Sohn. Ich weiß, wie das läuft."

„*Ein* Kind ist *kein* Kind", sage ich, als sei das hier ein Wettbewerb. „Bei zweien kommt die Rivalität ins Spiel. Drei sind immer einer zu viel, und vom vierten war nie die Rede! Ich habe mein Soll bereits erfüllt! Übererfüllt, möchte ich noch einmal betonen!"

Ich bin mir nicht sicher, ob sie mir noch zuhört. Mit verträumtem Blick klopft sie ihre Zigarette am Aschenbecherrand ab. Sie trinkt einen Schluck Tee und wischt mit dem Finger über die Lippenstiftspur an ihrer Tasse.

„Die Geburt eines Kindes", schwärmt sie, „der Moment, wenn der kleine Wurm aus dir herausgezogen und auf deinen Bauch gelegt wird, ist einfach unbeschreiblich. Es gibt nichts Schöneres auf dieser Welt."

„Möglich, aber dann ist er da, der kleine Terrorist! An einem Tag kann er nicht furzen, am nächsten mag er seinen Brei nicht, und irgendwann kriegt er Zähne. Am liebsten nachts um drei."

„Aber wenn er dich dann das erste Mal anlächelt, wenn er *Mama* sagt oder *Papa* …"

„… kommen auch bald die ersten Widerworte. Das verdreckte Auto, die klebrigen Lichtschalter, die Magen-Darm-Grippe und die Kopfläuse."

„Weißt du was?", sagt sie lächelnd. „Ich nehme dir das nicht ab. Du jammerst hier herum, dabei bist du in Wirklichkeit ein Bilderbuch-Papa, einer, der für seine

Kids durchs Feuer geht. Glaub mir, ich spüre so was. Ich kenne mich aus mit Männern."

Sie kramt etwas Kleingeld aus ihrer Tasche und bezahlt damit ihren Tee.

„Stimmt so, Freddy. So, Jungs, ich muss dann mal wieder. Grüßt eure Frauen von mir! ... Ach nee, lieber nicht", sagt sie kichernd und stöckelt erst über den Bernhardiner und dann zur Tür hinaus.

„Tschö, Mandy!", ruft Freddy ihr noch hinterher. „Bis morgen." Dann blickt er mich an.

„7,80 Euro, bitte."

Ich gebe ihm einen Zehner und sage ihm, er soll dem Willi auch noch eins hinstellen. Willi steigt extra von seinem Hocker herunter, um sich per Handschlag von mir zu verabschieden.

„Kopf hoch!", sagt er. „Das wird schon. Wir waren sieben Geschwister zu Hause, und was soll ich sagen? Es war immer schön. Früher hat man da gar kein Problem draus gemacht. *Was kommt, wird gewickelt*, hat meine Mutter immer gesagt."

Was hätte sie auch sonst sagen sollen, geht es mir durch den Kopf. Wer unter Zwängen lebt, erspart sich wenigstens die Qual der Wahl.

„Es waren andere Zeiten", stelle ich fest. „Nicht besser, aber anders."

Dann klopfe ich ihm auf die Schulter, zum Abschied und als Zeichen der Anerkennung, weil er mir Mut machen wollte.

„Ich kann dich verstehen!", schallt es da plötzlich von hinten. „Ich an deiner Stelle wollte auch keine

Kinder mehr!"

Überrascht drehe ich mich um, zu der unbekannten heiseren Stimme, die ich während des ganzen Abends noch kein einziges Mal gehört habe.

„Die haben doch alle gut reden!", schimpft Horst. „Weißt du, wo der Kleine von der Mandy aufwächst? Bei der Oma! Damit *sie* in Ruhe anschaffen kann. Und was heißt hier, es war immer schön, Willi? Ihr hattet doch anfangs nur zwei Zimmer für neun Personen, oft genug nix zu beißen, und der Alte hat draufgehauen wie auf kalt Eisen! Nee, nee, der Einzige, der alles richtig gemacht hat, bist du, Freddy! Du hast keine Familie, du hast einen Hund. So dankbar wie dieser Hund kann kein Kind der Welt sein! Guck mal, wie schön er da liegt! Der macht kein Theater, der bettelt dich nicht um Geld an und lässt dich nicht für sich schuften. So ein Hund erwartet absolut nichts von dir und leistet dir trotzdem Gesellschaft. *Der* lässt dich an Weihnachten nicht allein zu Hause sitzen …"

„Schönen Abend noch", sage ich kaum hörbar, als Freddy in meine Richtung blickt. Dann steige ich über den Hund, der das ihm geltende Loblied genau wie alles andere verschläft, und trete hinaus auf die dunkle, verlassene Straße. Ich kette mein Fahrrad ab und radle auf dem kürzesten Weg nach Hause.

In unserem Wohnzimmer brennt Licht. Barbara kauert in einer Sofaecke – ihre Arme umschlingen ihre angezogenen Knie – wie bei einem Kind, das sich an sich selber festhält. Sie hat meine alten Kopfhörer auf und sieht damit aus wie Micky Maus. Ich will sie nicht erschrecken, als ich mich ihr von der Seite nähere, man bekommt schließlich nichts mit, wenn man diese Dinger auf den Ohren hat. Nur deshalb habe ich sie mir ja gekauft, vor vielen Jahren, als die Kinder noch klein waren und ich ab und zu fliehen musste, ohne das Haus zu verlassen.

Barbara scheint zu spüren, dass ich da bin, sie blickt sich gleich um, als ich durch die Tür komme. Ihr Gesicht ist blass, ihre Augen gerötet. Ich setze mich zu ihr, ziehe ihre Füße auf meinen Schoß und massiere sie.

„Verzeih mir", sage ich, als sie die Kopfhörer abgenommen hat. „Es tut mir leid."

Sie will gar nicht wissen, wo ich gewesen bin, macht mir keine Vorwürfe. Sie sitzt einfach da und sieht unendlich traurig aus.

Ich habe noch immer nicht erkannt, welche Musik sie gerade hört, obwohl die Bässe aus dem Kopfhörer wummern und die CDs fast alle mir gehören.

„Element of Crime", sagt sie, als hätte sie meine Gedanken erraten. Sie zeigt mir die leere Hülle auf dem Tisch.

„Und?", frage ich. „Hilft es?"

Es ist eine blöde Bemerkung aus reiner Verlegenheit. Anstelle einer Antwort steht Barbara auf, geht zum Bücherregal und kommt mit einem Stück Papier in der Hand zurück. Es ist ein Ultraschallbild, das erkenne ich sofort, als sie es mir gibt. Der graue Trichter ist ihre Gebärmutter, und der helle, stecknadelkopfgroße Punkt in der dunklen Blase ist unser Kind.

„Ich will es behalten, Johannes."

„Natürlich. Was denn sonst?"

Sie setzt sich wieder neben mich und lehnt ihren Kopf an meine Schulter.

„Das will ich doch auch", versichere ich schnell. „Denkst du, *ich* könnte unserem Krümel was antun?"

„Aber du freust dich nicht."

„Na ja …"

„Es war wirklich ein Versehen. Das musst du mir glauben. Ich habe das nicht geplant."

„Ich weiß", sage ich, denn es spielt keine Rolle mehr. Ich will nicht weiter darüber nachdenken, wie und warum es passiert ist. *Du bist ein Bilderbuch-Papa*, hat Mandy gesagt.

Das ist natürlich Quatsch, das bin ich beileibe nicht, aber es ist schon erstaunlich, wie dieses Ultraschallbild auf einen Schlag alles verändert hat. Eben noch eine Schreckensvision und jetzt schon unser Krümel.

„Machst du mir einen Tee?", fragt Barbara.

„Klar", nicke ich. „Mit Schuss?"

„Witzig, Johannes. Wirklich sehr witzig!"

Ihre Stimme hallt in meinem Kopf noch nach, während ich in die Küche schlendere und den Wasserkocher aus der Halterung nehme.

Witzig. Vielleicht ist das eines Tages wirklich das passende Wort für diesen Abend. Heute werde ich sie ihr noch nicht erzählen, meine Geschichte von Freddy, Mandy und den anderen. Aber irgendwann. Spätestens in ein paar Jahren, wenn alles gut gegangen ist und wir endlich zusammen alt werden können, Barbara und ich. Noch älter, als wir es jetzt schon sind.

Apfelmus für den lieben Gott

„Mia, mein Schatz, ich muss dir etwas sagen."

Sie guckt, als hätte sie mich nicht gehört. Vermutlich hat sie das auch nicht, denn der lange, gallertartige Popel, den sie sich soeben aus der Nase gezogen hat, will erst noch zwischen Daumen und Zeigefinger zu einer ebenmäßigen Kugel gerollt werden. Das dauert und erfordert ihre ganze Aufmerksamkeit. Ungeduldig beiße ich in mein Marmeladenbrötchen und spüle mit einem Schluck Kaffee nach, ehe ich es erneut versuche.

„Mia!", stöhne ich, während ich gerade noch so verhindere, dass sie die Popelkugel zum Trocknen unter unseren Küchentisch klebt. „Hör mir bitte mal zu! Es ist wichtig."

„Was denn, Mama?"

„Die Uromi, also die Uroma Berta", sage ich, als hätten wir noch eine andere, „die war ja schon alt. 92 Jahre ist sie im letzten Sommer geworden, das weißt du doch noch? Und neulich war sie sehr krank."

Mia nickt. Wir haben sie ab und zu mitgenommen bei unseren Besuchen im Pflegeheim, zumindest zu der Zeit, als noch keine Schläuche in Bertas Nase steckten und keine Monitore an ihrem Bett standen.

„Gestern Abend", fahre ich stockend fort, „fast schon in der Nacht, da ist die Uromi gestorben."

Mia blickt mich erschrocken an, und da weiß ich, dass sie zu klein ist. Ich muss jetzt schnell weiterreden, denke ich und spule die Worte ab, die ich mir heute Früh zurechtgelegt habe, gleich nachdem der Anruf meiner Schwiegermutter kam.

„Hab keine Angst, Mäuschen. So ist das nun mal. Wenn man so lange gelebt hat wie die Uromi, ist man irgendwann müde und hat keine Lust mehr."

„Keine Lust mehr?", fragt Mia entgeistert. „Und davon kann man sterben? Ich habe manchmal auch keine Lust."

„Das ist etwas anderes. Du bist ja noch ein Kind."

„Ich will aber nicht sterben", wimmert sie. „Und du sollst auch nicht sterben!"

Es zerreißt mir das Herz. Ich muss dringend etwas tun.

„Ist ja gut", sage ich und streiche über Mias Wangen, um ihre Tränchen wegzuwischen. Sie sieht mich einen Moment an und tut dann dasselbe bei mir.

„Du weinst ja auch", schluchzt sie. „Ich hole dir ein Taschentuch, Mama."

Gerührt sehe ich ihr dabei zu, wie sie auf Zehenspitzen vor unserer Küchenschublade steht und darin kramt. Als ihr das Zentimetermaß in die Hände fällt, kommt mir plötzlich eine Idee.

„Bring das mal her", sage ich. Ich rolle es auf dem Küchentisch aus und zeige Mia, dass sich an dem einen Ende die fünf befindet und an dem anderen die 92.

„Siehst du, so alt bist du, und soooo alt war die Uromi."

Zwischen den beiden Zahlen tut sich ein gewaltiger Abstand auf. Ich bin selbst ganz beeindruckt, habe die Länge eines Menschenlebens noch nie so plastisch vor mir gesehen. Mia ist eher verwirrt.

„Es geht doch noch weiter", sagt sie und zeigt auf die 100. „Die Uromi war fast am Ende, aber noch nicht ganz."

Sie denkt so schön logisch. Das hat sie nicht von mir.

„Es ist ja nur ein Beispiel", murmele ich. „Die Menschen leben unterschiedlich lang. Und die Uromi hat sehr viel Glück gehabt."

Wenn ich ganz ehrlich wäre, müsste ich ihr jetzt erklären, dass es für jeden von uns einen Punkt gibt, an dem nichts mehr besser wird. Bei Uroma Berta war dieser Punkt vor drei Jahren erreicht, mit dem ersten Oberschenkelhalsbruch. Aber was weiß ein Kind wie Mia von Bettlägerigkeit und Dekubitus, von schwindender Geisteskraft und schmerzenden Gelenken, von Tagen, die es nicht mehr wert sind und Nächten, die immer schon um 17 Uhr beginnen? Nichts soll sie davon wissen. Sie soll ganz unbeschwert sein.

„Willst du das Maßband wieder aufrollen?", frage ich, in der Hoffnung, dass sie das ablenkt. Ob wir sie mit zur Beerdigung nehmen werden, haben wir noch nicht entschieden. Marc ist dagegen.

„Wenn sie zusehen muss, wie der Sarg in die Erde gesenkt wird, kriegt sie doch Albträume!", hat er vorhin noch als Letztes gesagt, ehe er ins Büro fuhr.

Ich bin mir da nicht so sicher. Mia ist ein kluges Mädchen und mit dem Thema längst noch nicht fertig.

„Mama?", fragt sie, nachdem sie hochkonzentriert und mit hängender Zunge das Maßband wieder aufgerollt hat. „Wo ist die Uromi denn jetzt?"

In der Kühlkammer des Bestatters, wäre die sachlich

korrekte Antwort, die selbst mir einen Schauder über den Rücken jagt. Also entscheide ich mich für die kindgerechte Variante.

„Bestimmt ist sie schon im Himmel. Petrus hat ihr gestern Abend das Tor geöffnet und sie hereingebeten. Dann hat er in seinem Goldenen Buch nachgesehen, auf welcher Wolke sie in Zukunft wohnen wird. Wahrscheinlich ist es eine Doppelwolke für Ehepaare. Dort oben im Himmel hat die Uromi nämlich ihren Mann wiedergetroffen. Das war vielleicht eine Freude! ‚Berta, altes Schlachtschiff‘, hat der Uropa gerufen, ‚wo warst du so lange? Ich hatte schon gar nicht mehr mit dir gerechnet!‘"

„Mama?", sagt Mia. „Das klingt komisch."

„Warum denn?"

Einmal in Fahrt, setze ich sogar noch eins drauf und behaupte, dass die Uromi Karussell fährt auf ihrer Wolke, wenn sie nicht gerade den Engelchen warme Strümpfe strickt oder ihr berühmtes Apfelmus kocht für den lieben Gott.

Ich lache, in der Hoffnung, dass Mia irgendwann mit mir lacht. Doch ich habe sie unterschätzt. Sie hat nicht vergessen, worum es eigentlich geht. Und sie spürt wohl auch, dass ich sie nicht ernst nehme.

„Es tut mir leid, Mia", sage ich und streiche ihr zärtlich über den Kopf. „Das war übertrieben, was ich dir gerade erzählt habe. Aber du musst nicht traurig sein. Die Uromi hatte ein schönes Leben, und jetzt war es genug. Es ist gut so, wie es ist. Verstehst du das?"

Sie nickt, rutscht von ihrem Stuhl herunter und geht

langsam zur Tür. Unschlüssig steht sie dort einen Moment herum, ehe sie zu mir zurückkommt und sich an meine Brust schmiegt.

„Mama?", fragt sie vorsichtig. „Darf ich vielleicht *ein bisschen* traurig sein? Einfach weil ich sie nun nicht mehr habe?"

Die Fremden

Im Sommer 1974 waren sie plötzlich da, die Fremden. Sie kamen in einem Ford Granada und zogen in das kleine Eisenbahnerhäuschen, das hinten bei der Streuobstwiese an unser Grundstück grenzte. All die Jahre hatte niemand darin wohnen wollen, weil es eine Bruchbude war, wie mein Vater meinte, und weil es so nah an den Schienen gebaut war, dass der Intercity von Köln nach Berlin, der mehrmals am Tag die Strecke passierte, mitten durchs Wohnzimmer fuhr.

„Jetzt haben sie es an die Türken vermietet", sagte mein Vater, „was sollen sie auch sonst damit machen? Wenn das mal gut geht …"

„Ach", sagte meine Mutter. „Wart's doch erst mal ab."

Drei Wochen später waren sie da.

„Sie kommen! Guckt schnell, sie kommen!", rief unsere Großmutter von ihrem Kissen aus, mit dem sie im Rahmen des geöffneten Küchenfensters lag. Wir liefen hinunter in den Garten, mein Bruder und ich, und stellten uns ganz dicht an den Zaun. Es war ein schönes Auto, mit dem sie unterwegs waren, rot wie ein Feuerwehrwagen und offenbar sehr geräumig. Wir wunderten uns, wie viele von ihnen dort hineinpassten.

„Das ist ein Ford Granada", stellte mein Bruder fachkundig fest, und ich glaubte ihm aufs Wort, weil er alle Automarken kannte. Nach und nach öffneten sich die Türen. Zuerst stieg der Vater aus und blickte genau in unsere Richtung. Wir duckten uns schnell hinter den Zaun und spähten ab und zu durch die Latten.

Alles an diesem Mann war schwarz. Seine lustig funkelnden Augen, sein Haar, der seltsame Schnauzbart und auch sein Mantel.

„Das ist der Palastwächter des Sultans", flüsterte ich meinem Bruder zu. „Ich habe ein Bild von ihm in meinem Märchenbuch."

„Oh Mann, bist du doof!", sagte mein Bruder und lachte mich aus.

Dann sahen wir die Mutter. Ihr Bauch war dick und rund wie ein Hüpfball. Mühsam schälte sie sich aus dem Auto, griff auf den Rücksitz und setzte sich ein Kleinkind auf die Hüfte.

„Oh, wie süß! So ein Baby hätte ich auch gern!"

„Wir haben doch eins", entgegnete mein Bruder.

„Ja", sagte ich. „Mit Glatze. Das da hat schöne Haare."

Es stiegen immer mehr Kinder aus dem Auto. Ich versuchte sie zu zählen, aber ich ging noch nicht zur Schule, und sie liefen alle durcheinander.

„Das sind mindestens zehn", behauptete ich irgendwann.

„Quatsch", sagte mein Bruder. „Niemand hat zehn Kinder. Höchstens drei Kinder kann man haben, so wie wir, sonst hat man nicht genügend Kinderzimmer."

Es ärgerte mich, dass mein Bruder so schlau war und ich so dumm, aber wir hatten keine Zeit, uns zu streiten. Die fremden Kinder waren dermaßen interessant, dass wir ganz vergaßen, uns hinter den Zaun zu ducken.

Sie schubsten sich und alberten herum, zerrten Dinge aus dem Auto und stritten darüber, wer sie ins Haus tragen durfte. Alle hatten Bluejeans an, genau wie wir, aber die Mädchen trugen bunte, wild gemusterte Röcke darüber und karierte Blusen.

„Guck mal, wie die aussehen!", sagte ich zu meinem Bruder. Wir kicherten, erst leise, dann immer lauter, bis sie uns schließlich bemerkten. Sie starrten uns an, aus sicherer Entfernung, zeigten mit den Fingern auf uns und schienen über uns zu sprechen.

Ich duckte mich wieder hinter den Zaun, aber mein Bruder fing an, Grimassen zu schneiden. Die Fremden lachten. Das stachelte ihn an.

„Los, mach mit", sagte er. Wir kletterten auf den Apfelbaum und taten uns dicke. Später setzten wir uns Rhabarberblätter auf den Kopf und marschierten wie kleine Soldaten vor unserem Publikum auf und ab.

Als wir kehrtmachten, stand plötzlich die Mutter der fremden Kinder vor uns. Sie öffnete den Mund, um uns anzulächeln, und da sahen wir, dass sie einen Eckzahn aus Gold hatte. Ich erschrak und wollte davonlaufen, aber sie hielt einen Teller mit kleinen, süß duftenden Kuchen über den Zaun und bedeutete uns, davon zu nehmen. Zögerlich griffen wir zu, bedankten uns artig und liefen zum Haus zurück.

„Wir dürfen das nicht essen!", sagte mein Bruder, als wir den Hinterhof erreichten. „Bestimmt ist es vergiftet!"

„Aber es ist Kuchen!", sagte ich. „Riech doch mal, wie der duftet!"

„Wir dürfen nichts von Fremden nehmen", ermahnte er mich, „und von denen schon gar nicht! Wenn du es isst, wirst du sterben!"

„Werde ich nicht!"

„Wirst du doch! Ich sage es der Mama, dass du von denen was genommen hast!"

Schweren Herzens warf ich mein Stück in die Mülltonne. Nur einen winzigen Krümel hatte ich heimlich abgebrochen und unter der Zunge zergehen lassen, während wir die Treppe hinaufstiegen. Es schmeckte nach etwas, das ich nicht kannte, aber himmlisch gut.

„Mama", fragte ich später beim Abendessen. „Was sind eigentlich Türken?"

Meine Mutter blickte meinen Vater an, aber der hatte gar nicht zugehört. Sie dachte einen Moment nach.

„Menschen", sagte sie schließlich. „Es sind Menschen. Das hast du doch gesehen."

Der Faber aus Recklinghausen

Die Pflegerin, die ihn an seinem ersten Arbeitstag ein-
kleiden sollte, hieß Jennifer und machte ihm Angst. Sie
war nicht viel älter als er, aber doppelt so schwer und
schien sich nie der Sonne auszusetzen. Ihre wurstigen
Arme und Beine hatten die Farbe seiner Zahnpasta,
waren sogar noch weißer als ihr Kittel, unter dem sie so
gut wie nichts anhatte. Nur einen schwarzen, mit Spitze
besetzten BH konnte er ausmachen, dessen Träger an
den Schultern tief ins Fleisch schnitten, und den dazu
passenden Slip.

„Wie heißt du?", fragte sie Kaugummi kauend und
ohne wirkliches Interesse.

„David."

Wie ein Kanarienvogel, vor dessen Käfig die Katze
hin und her strich, beäugte er sie. Sie stand in gebück-
ter Haltung vor dem Spind im Personalraum, zog einen
Kittel nach dem anderen heraus, faltete ihn auseinander und legte ihn wieder weg, weil sie auf den ersten
Blick erkannt hatte, dass er viel zu groß war und wie ein
Engelshemd an ihm herumschlabbern würde. Je länger
die Aktion dauerte, desto heftiger wurde ihr Stöhnen,
bis sie schließlich überhaupt keinen Zweifel mehr daran ließ, dass ein Milchgesicht wie er ihnen hier gerade
noch gefehlt hatte.

Die Dicke übertreibt ein bisschen, dachte er. Ich bin
auch nicht zu meinem Vergnügen hier. Vor zwei Tagen
hatte er noch in Rom auf der Spanischen Treppe gesessen, mit seinem Freund Kowski und einem Ruck-

sack voller Dosenbier. Sein InterRail-Ticket drehte sich vermutlich schon in der Waschmaschine. Er hatte vergessen, es aus der Hosentasche zu nehmen, als er die schmutzige Wäsche bei seiner Mutter abgeladen hatte. Nach ein paar Stunden Schlaf war er dann hierhergekommen, um pünktlich um 6.30 Uhr seinen Zivildienst anzutreten. Miese Jobs hatte er in den letzten Monaten wahrlich genug gehabt – als Einseifer in der Autowaschstraße oder als Handzettelverteiler für eine Telefongesellschaft, wo man ihn tagelang als menschliches Handy verkleidet durch die Fußgängerzone stapfen ließ.

Dies ist nur ein weiterer mieser Job, versuchte er sich zu trösten, vielleicht der mieseste von allen, und dennoch war es müßig, darüber nachzudenken. Er hatte den Wehrdienst nicht aus Überzeugung verweigert, wie sein Freund Kowski, dessen Eltern Sojamilch trinkende Vegetarier waren und ihm die weiße Friedenstaube schon aufs Dreirad gepappt hatten. David hatte verweigert, weil er sich für Sportvereine bestenfalls als passives Mitglied eignete. Passive Mitgliedschaften waren bei der Bundeswehr aber nicht vorgesehen. Man musste schon selber rennen. Einen Hänfling wie ihn hätten sie gleich beim ersten Gewaltmarsch entkräftet liegen lassen, wohl wissend, dass man mit ihm ohnehin keinen Krieg gewinnen konnte.

„Wir müssen jetzt anfangen", sagte die Dicke mitten in seine Träumereien hinein. „Zieh einfach irgendeinen an."

Er hatte sich vorgenommen, den Mund zu halten

und alles zu tun, was sie ihm sagte. Als Abiturient in einem Malocherjob fuhr man so immer am besten. Es war jetzt kurz vor sieben. Anscheinend ging es damit los, dass sie die Leute aus den Betten holten. Er bekam einen kleinen Rollwagen zugeteilt, den er über den Flur vor sich herschieben sollte. Wie ein Mitarbeiter des Mitropa-Service-Teams kam er sich dabei vor, nur dass er statt Kaffee und Würstchen Bettpfannen und Desinfektionsmittel im Angebot hatte.

„Wir machen zuerst die Bettlägerigen und dann den Rest."

Die Dicke ging in ein Zimmer, riss die schweren Vorhänge auf und brüllte „Guten Morgen!!"

Er ging hinterher, sah die vergitterten Betten und die alten Frauen, die darin lagen. Abgemagert, reglos, die Bettdecke bis zum Kinn gezogen. Schrumpfköpfe mit hohlen Wangen und weit aufgerissenen Augen. Der Mund blieb ihm offen stehen. Seine Atmung verflachte. Sie sind heute Nacht beide gestorben, dachte er. Sie riechen schon. Irgendetwas piepte hier. Es war der Tropf, an den eine der beiden angeschlossen war. Er blickte zu Jennifer, aber die tat so, als sei das alles völlig normal. Sie machte sich an dem Infusionsmonitor zu schaffen und drückte auf einem Knopf herum, bis das Piepen verstummte. Dann bedeutete sie ihm, mit anzupacken. Sie klappten die Gitter herunter, fassten die Frauen unter den Armen und hievten die schlaffen Körper Stück für Stück nach oben, bis sie durch Kissen gestützt fast aufrecht im Bett saßen. Die Arbeit war schwer und ungewohnt. Er wusste nie so recht, was die Dicke als

Nächstes vorhatte, stand immer an der falschen Stelle und kurz vor der Ohnmacht. Irgendwann hatte sie Mitleid mit ihm und ließ ihn einfach nur zugucken, wie sie die Frauen auszog, eine auf den Toilettenstuhl setzte und der anderen die Windel wechselte, wie sie sie überall wusch, auch an den intimsten Stellen. Sie gab sich große Mühe und erklärte ihm alles, auch Dinge, die er lieber nicht gehört hätte. Musste er wirklich wissen, dass die Haut unter den Brüsten besonders delikat und immer gut einzucremen sei?

Die Frauen ließen alles über sich ergehen, wirkten auch gewaschen und gekämmt noch genauso tot wie am Anfang. Er bemühte sich, sein Entsetzen zu verbergen und die ausgemergelten Körper nicht anzustarren. Als es ihm nicht gelang, schämte er sich.

„Warum sind die nicht im Krankenhaus?", presste er hervor.

„Weil sie nicht krank sind", sagte Jennifer. „Man kann sie nicht behandeln, man kann sie nur pflegen."

Sie arbeiteten sich weiter durch die Zimmer, es war immer der gleiche Ablauf, bis sie zuletzt zu Frau Krüger kamen. Frau Krüger war 89 Jahre alt, halb blind und unterschenkelamputiert, dachte aber nicht im Traum daran, sich davon den Tag verderben zu lassen. Sie bewohnte ein Einzelzimmer und hatte eigene Möbel, was auf gewisse Privilegien schließen ließ.

„Welches Kleid möchten Sie heute anziehen? Das blaue oder lieber das weiße?"

„Ich ziehe mich heute überhaupt nicht an. Ich wüsste nicht, wofür …"

„Aber die Friseuse kommt gleich. Sie wird Ihnen die Haare waschen und legen."

„Meine Haare müssen nicht gewaschen werden. Sie fetten schon seit Jahren nicht mehr. Es genügt völlig, ab und zu die toten Fliegen herauszuzupfen. Und danke – das kann ich noch selbst!"

Sie thronte auf einem hohen Sessel mit rotem Samtbezug und klimperte kampfeslustig mit den Wimpern. Eine kleine, versehrte Majestät im Nachthemd.

„Können wir sie nicht einfach in Ruhe lassen?", flüsterte David.

„Bei dem vielen Geld, das die Familie bezahlt? Sie bekommt zwar nur selten Besuch, aber für den Fall, dass sich doch mal einer blicken lässt, muss sie gestiefelt und gespornt in ihrem Sessel sitzen."

„Mit wem reden Sie da?", fragte Frau Krüger.

Er ging auf sie zu und stellte sich als David, der neue Zivi, vor. Sie musterte ihn aus trüben Augen, ehe sie mit scherzhaft erhobenem Zeigefinger sagte: „Ich kenne Sie! Sie sind der Faber aus Recklinghausen!"

„Nein, wie gesagt, ich heiße David …"

Jennifer bedeutete ihm, zu schweigen. Sie setzten Frau Krüger in den Rollstuhl und schoben sie zum Waschbecken.

„Waren Sie schon einmal in Berlin?", fragte sie ihn. „Wir haben in Berlin gelebt, in einem Haus in Grunewald mit zwölf Zimmern und einer Treppe aus italienischem Carrara-Marmor …"

Sie beschrieb ihm die Einrichtung bis zur letzten Fliese und erzählte von einem Porträt in ihrem Wohnzimmer, das ein französischer Maler aus lauter Verehrung für sie zum Preis einer Kiste Rotwein angefertigt habe. Jennifer, die die Geschichte schon zu kennen schien, verließ kurz den Raum, um was auch immer zu erledigen. Er überlegte, was er als Nächstes tun sollte. Unterdessen war Frau Krüger bei exotischen Pflanzen angelangt, die sie von ihren Reisen mitgebracht und in ihrem Garten kultiviert hatte. Sie sprach von einer Kuckucksuhr aus Namibia, die ihr der Vater geschenkt hatte, als sie noch ein kleines Mädchen war, von ihrem eigenen Kind und dem Kinderzimmer, das sie so liebevoll eingerichtet hatte. Die Geschichte wurde immer verworrener. Sie sprang durch alle Zeiten und Räume und sprach auf einmal im Präsens.

„Ich habe ein Baby. Es ist noch ganz klein, gerade mal ein Jahr alt."

„Frau Krüger, da bringen Sie was durcheinander."

Ihre Bewegungen wurden fahrig. Sie rutschte im Rollstuhl hin und her.

„Es tut mir leid, ich muss gehen! Mein Baby ist allein zu Hause!"

Er legte die Hand auf ihren Arm, konnte sie nur mit Mühe zurückhalten.

„Frau Krüger, jetzt überlegen Sie doch mal! Sie sind 89 Jahre alt. Ihr Baby ist vermutlich selbst schon Großmutter!"

„Lassen Sie mich gehen! Mein Baby ist krank! Es ist allein zu Hause!"

Trotz ihrer Versehrtheit entwickelte sie eine Kraft, die er allein nicht bändigen konnte. Er rief nach Jennifer, die Tür flog auf. Sie nahm Frau Krüger in den Arm und tröstete sie wie einen weinenden Säugling.

„Schu, schu, schu, alles in Ordnung, Ihrem Baby geht's gut. Das Kindermädchen ist bei ihm."

Als sie sich beruhigt hatte, schoben sie sie in den Frühstücksraum. Er fragte Jennifer nach Frau Krügers Vergangenheit, aber sie wusste nichts über sie, nur dass sie Opernsängerin gewesen war. Den Rest des Tages verbrachte er mit höchst ungewohnten Tätigkeiten – er bezog die Betten, wischte die Böden und schmierte Brote.

„Auf Wiedersehen, Herr Faber!", rief Frau Krüger ihm am Feierabend zu. „Besuchen Sie mich bald wieder!"

Als er das Heim gegen 14 Uhr endlich verlassen durfte, ahnte er, dass er die Bilder für den Rest seines Lebens nicht mehr aus dem Kopf bekommen würde. Er hatte Menschen gesehen, die wirkten, als hätte sie jemand ausgesaugt und mumifiziert, ohne dass sie dabei gestorben wären. Er war Leuten begegnet, die alle fünf Minuten denselben sinnlosen Satz sagten oder mit unsichtbaren Rauhaardackeln kämpften. Manche waren weinerlich, andere waren aggressiv, hatten ihn einen Deserteur geschimpft oder sogar mit der Klobürste nach ihm geschlagen. Er wusste, dass er sich an vieles gewöhnen würde, an die schlechten Gerüche und die verschmutzten Bettlaken, an Miederhosen und Thrombosestrümpfe und an Zähne, die abends ins Glas gelegt wurden. *Der Mensch gewöhnt sich an allem*, hatte sein Deutschlehrer immer gesagt, *selbst am Dativ*. Aber konnte man sich an Demenz gewöhnen?

Es hatte ihn schockiert, wie diese Krankheit am Ende alle wieder gleichmachte, Männer und Frauen, Linke und Rechte, Professoren und Proleten. Was blieb von einem Menschen, wenn man ihn seiner Erinnerungen beraubte? Die fleischliche Hülle eines erfüllten, aber spurlos verschwundenen Lebens. Mit jeder Erfahrung, die ausgelöscht wurde, verschwand ein Stück vom Menschen selbst, ein Teil seiner Persönlichkeit.

In den nächsten Wochen ließ David nichts unversucht, um Frau Krüger die eine oder andere Erinnerung zurückzubringen. Er brachte seine Gitarre mit und sang mit ihr aus der *Mundorgel*, aber die Musik, die einst ihre große Leidenschaft gewesen war, schien ihr nichts mehr zu geben. Er zeigte ihr Bilder von Berlin, aber sie erkannte nichts, nicht einmal den Grunewald. Sie brachten sich gegenseitig zum Lachen mit dem, was sie sagten. Nur wenn er abstritt, der Faber aus Recklinghausen zu sein, wurde sie böse.

Eines Tages kam ihre Tochter zu Besuch. Sie fuhr mit einem dunklen Mercedes vor und blieb nur eine halbe Stunde. Frau Krüger saß die ganze Zeit teilnahmslos in ihrem Sessel und sagte kein Wort.

„Wer war diese Frau? Sie war nicht freundlich zu mir. Können Sie dafür sorgen, dass sie nicht mehr kommt?"

„Frau Krüger, das war Ihre Tochter! Ihr Baby aus Berlin. Warum haben Sie nicht mir ihr geredet?"

Sie wurde unruhig, begann zu stammeln von ihrem kranken Kind, das allein zu Hause sei. Er musste wieder Hilfe holen, lief auf den Flur und sah die Tochter weinend aus der Besuchertoilette kommen.

„Ihre Mutter hat Sie nicht vergessen!", rief er ihr nach. „Sie spricht so oft von ihrem Baby in Berlin!"

Die Tochter drehte sich zu ihm um und schüttelte den Kopf.

„Ich bin in Essen geboren. Das Baby, von dem sie immer spricht, war mein Bruder. Er starb an einer Lungenentzündung, als er gerade mal ein Jahr alt war. Meine Mutter war nicht zu Hause, ich glaube, sie stand auf der Bühne. Das hat sie nie verwunden. Und doch ist es die einzige Erinnerung, die ihr überhaupt noch geblieben ist. Ausgerechnet diese."

Sie steckte ihm 50 Euro zu, dankte ihm für seine Mühe und verschwand, ehe er ihr sagen konnte, dass es noch eine zweite Erinnerung gab. Eine, die ihre Mutter glücklich machte. *Er* war diese Erinnerung. *Er* war der Faber aus Recklinghausen, und wenn Frau Krüger ihn das nächste Mal so ansprach, würde er es einfach zugeben.

Die letzte Nacht

Ich habe einen Strauß weiße Gerbera mitgebracht.

„Das waren immer Mamas Lieblingsblumen, weißt du noch?" Vorsichtig hole ich ihn aus dem Papier. Er ist zu dick für die schmale Friedhofsvase. Ich muss ihn regelrecht hineinstopfen. Als ich die ersten Stängel knacken höre, lasse ich davon ab und stelle ihn so schief, wie er in der Vase hängt, neben das Grablicht.

„Na, wie sieht das aus?"

Meine Schwester zuckt mit den Schultern.

„Gut", murmelt sie schließlich. Eigentlich hätte sie anmerken müssen, dass ich für solche Dinge noch nie ein Händchen hatte. Aber wir sind jetzt ganz auf uns gestellt, wir sind nun die Alten in der Familie, da wollen wir uns vertragen.

Ich trete einen Schritt zurück und stelle mich wieder neben sie auf den Weg.

„Der Sarg ist noch mal abgesackt", stellt meine Schwester fest und deutet auf eine Mulde in der Mitte des Grabes. Wenn ich mir vorstelle, dass sie jetzt da drin liegt, unsere Mama, zwei Meter unter unseren Füßen und einen Meter über unserem Vater, könnte ich gleich wieder anfangen zu heulen.

„Komm, Petra, wir gehen", sage ich und reibe mir verstohlen die Augen. „Der Friedhof ist kein Ort für mich."

Sie lacht, aber es klingt bitter. „Was meinst du, wie oft ich mit Mama hier war in den Jahren nach Papas Tod? Jede Woche. Und nicht nur für zwei Minuten …"

Pass auf, jetzt kommt die alte Leier. Petra ist die Ältere von uns beiden. Nach dem Abitur machte sie eine Sparkassenlehre, heiratete den Filialleiter und bekam drei Kinder. Ich wollte unbedingt studieren. Egal was. Nur kein geregeltes Leben und erst mal weg von zu Hause.

„Dann komm doch nach Köln", sagte meine Freundin Beate, damals im Sommer 1982. Sie war etwas älter als ich und wohnte in einer WG in der Südstadt, mit Sabine aus Wuppertal und Harald aus Bielefeld.

„Die beiden sind okay. Die haben bestimmt nichts dagegen, wenn du eine Weile bei mir unterkommst."

Sabine war selten zu Hause, im Gegensatz zu Harald, der praktisch gar nicht vor die Tür ging. Die Leute kamen zu ihm, hockten stundenlang in der Küche und rauchten. Es wurde viel geredet, wenn der Tag lang war, über die beste Deep-Purple-Platte, über Atomkraft, Pershing-II-Raketen oder die Lateinamerikakrise. Harald kannte sich aus. Ich dachte damals, er sei etwas Besonderes, und als er mir eines Abends ins Ohr säuselte: „Ich wäre jetzt gern mit dir allein. Komm, wir gehen in mein Zimmer", da bin ich mitgegangen.

Von da an wurde es kompliziert. Beate war beleidigt, und auch Sabine meinte, so langsam könnte ich mir mal ein eigenes Zimmer suchen. Vielleicht waren sie eifersüchtig. Jedenfalls haben sie zwei Wochen später verlangt, dass wir beide ausziehen. Es gab einen Streit. Beate und Sabine auf der einen Seite, Harald und ich auf der anderen.

„Na und? Dann ziehen wir halt aus", habe ich ir-

165

gendwann gesagt. „Wir suchen uns eine eigene Wohnung. Wir lieben uns doch!"

Da haben sie gelacht. Alle drei, aber Harald am lautesten. Auf die Schenkel hat er sich geschlagen vor Vergnügen. „Saukomisch, Bettina! Wirklich ein echter Brüller!"

Als mein Herzschlag wieder einsetzte, habe ich meine Sachen gepackt und bin nach Hause gefahren. Natürlich wollten sie wissen, was passiert war, Petra und meine Eltern. Ich konnte es ihnen nicht sagen.

Über einen Studienplatztausch ging ich drei Monate später nach Berlin. Ich habe dort einen Job gefunden und jemanden kennengelernt. Irgendwann gab es keinen Grund mehr, wieder nach Duisburg zurückzuziehen. Ich kam nur noch sporadisch zu Besuch, an Ostern, an Weihnachten, zu runden Geburtstagen. Der Alltag lief hier ohne mich. Ich war nicht dabei, als mein Vater an einer Psychose erkrankte. Als er der Nachbarin sämtliche Blumen aus dem Vorgarten riss und ihren Hund vergiften wollte. Auch als meine Mutter langsam dement wurde und schließlich starb, saß ich mit Mann und Kind in unserem Haus in Charlottenburg.

Petra hat recht, denke ich, als wir den Friedhofsparkplatz erreichen. Sie war diejenige, die hier alles aushalten musste. Wir steigen in ihren Wagen und fahren los. Zehn Minuten werden wir wohl brauchen bis zum Haus unserer Eltern. Unterwegs erzählt Petra mir, was sie schon alles erledigt hat. Die Waschmaschine unserer Mutter hat eine Arbeitsloseninitiative abgeholt, wegen der Kleider hat sie mit dem Roten Kreuz gesprochen, und die Bücher konnte sie einem Schultrödel spenden. Sie war mal wieder beeindruckend effektiv, hat alles schön aufgeräumt. Bei ihr sind wohl keine Rechnungen offen geblieben, so wie bei mir.

„Warum ausgerechnet Berlin?", hat Mama mich einmal gefragt. „500 Kilometer weg von uns."

Als ob sie es nicht gewusst hätte. Köln war nur ein dummer Zufall. Als ich zum Nachdenken kam, entschied ich mich für Berlin, weil meine Mutter im Osten dieser Stadt geboren ist. Ich wollte wissen, was sie geprägt hat, wollte das löchrige Bild vervollständigen, das ich von ihr hatte.

Vielleicht hätte es mich weniger gereizt, wenn sie aus ihrer Kindheit am Prenzlauer Berg kein so großes Geheimnis gemacht hätte. Wenn sie uns von ihrer Familie erzählt hätte, anstatt so zu tun, als ob ihr Leben erst mit 19 begonnen hätte, an dem Tag, an dem sie in den Westen kam.

Es war keine spektakuläre Flucht über Stacheldraht oder im Kofferraum eines Ladas. Trotzdem wollte ich die Geschichte immer wieder hören.

„Mama, erzähl mir noch mal, wie du einfach abgehauen bist!"

Im Oktober 1951, zehn Jahre vor dem Mauerbau, stieg Helga Jakubeck morgens am Bahnhof Prenzlauer Allee in die S-Bahn, angeblich um eine Tante in Spandau zu besuchen, und kam abends nicht wieder zurück. Die Tante muss ihr geholfen haben. Zunächst bis Hannover und dann weiter Richtung Ruhrgebiet.

„Und du hattest nichts dabei?"

„Nur, was ich am Körper trug."

„Hast du wirklich niemandem etwas gesagt? Auch deiner Mama und deinem Papa nicht?"

An dieser Stelle brach die Erzählung ab. Unsere Großeltern haben Petra und ich nie kennengelernt. Es gab keine Fotos von ihnen und auch keine Briefe. Mit der Teilung Deutschlands wurde uns das erklärt, aber das konnte nicht der Grund sein. Andere hatten doch auch Kontakt nach drüben. Nach dem Mauerfall habe ich auf eigene Faust versucht, meine Großeltern zu finden, gegen den Willen meiner Mutter, die mir anfangs nicht mal ihre Vornamen nennen wollte.

„Gib endlich Ruhe, Bettina. Du hast ja keine Ahnung, was damals passiert ist."

„Dann sag es mir endlich!", habe ich sie beschworen. Vergeblich. Die Eltern meiner Mutter müssen noch bis Mitte der 1980er Jahre in Pankow gelebt haben, aber ich kam zu spät. Ich habe nur noch die Sterbeurkunden gesehen.

Wir sitzen noch immer im Auto. Es herrscht reger Verkehr. Als die Ampel von Rot auf Grün umspringt, tritt Petra kräftig aufs Gaspedal. 50 sind hier erlaubt, aber sie ist wohl genauso angespannt wie ich.

Während der Fahrt klingelt plötzlich ihr Handy. Sie hat keine Freisprechanlage, und da wir mitten durch die Stadt fahren, fragt sie mich, ob ich mal rangehen könne.

„Sind bestimmt wieder die Kinder", murmelt sie noch und reicht mir ihre Handtasche.

In der Tat spreche ich mit Sabrina, der jüngsten ihrer drei Töchter. Ich lasse mir den Fall erklären und gebe schmunzelnd die Quintessenz weiter.

„Deine Tochter sagt, der Hund hat in ihrem Zimmer unters Bett gepinkelt."

„Schön", meint Petra. „Und was soll ich jetzt dagegen machen?"

„Mama fragt, was sie daran machen soll."

Am anderen Ende der Leitung macht sich Verzweiflung breit.

„Es stinkt ganz fürchterlich, sagt Sabrina."

„Ja logisch! Dann soll sie einen Eimer nehmen und es wegwischen! Oder sie soll die Tür zumachen, bis wir heute Abend kommen. Schönen Gruß! Erinnere sie mal daran, dass wir heute Omas Wohnung auflösen."

Als ich aufgelegt habe, fragt Petra mich, ob das irgendwann aufhören wird. Dieses *Erstmal Mama anrufen und dann selber nachdenken.* Um sie zu trösten, erzähle ich ihr von Lukas, meinem 17-Jährigen, der neulich seine durchgeschwitzten Sportsachen so lange in der Tasche gelassen hat, bis der Gestank schon unter der Tür durchkam. Für einen Moment haben wir unseren Spaß, können uns unterhalten wie früher. Aber dann fällt ihr wieder etwas ein.

„Ich habe zwei Fotos gefunden", sagt sie ganz unvermittelt, „oben in Mamas Schlafzimmer. Die steckten in einem der Bücher, die ich zum Trödel geben wollte."

„Was denn für Fotos?"

„Irgendwie merkwürdig. Ich zeige sie dir gleich."

Mir graust davor, was wir noch alles finden werden. Berge von Kontoauszügen, 30 Jahre alte Stromrechnungen, längst vergilbte Häkeldeckchen, Übertöpfe in allen Formen und Farben. Unsere Mutter hatte immer genügend Platz, um den ganzen Krempel aufzuheben. Es waren ja auch ihre Sachen.

Jetzt sind es plötzlich unsere. Wir werden alles durchwühlen und für jedes Teil eine Entscheidung treffen müssen. Behalten, verkaufen, verschenken? Das meiste werden wir wohl entsorgen.

„Wann kommen die Entrümpler?"

„Morgen früh um acht", sagt Petra und biegt in die Siedlung ein, in der unsere Eltern vor 40 Jahren ein Haus gekauft haben. Sie parkt auf der Straße, denn in der Garagenauffahrt steht ein riesiger Müllcontainer. Ich seufze. Was würde ich darum geben, wenn ich morgen früh nicht mit ansehen müsste, wie das Ehebett meiner Eltern kleingehackt und in diesen rostigen Schlund geworfen wird!

Es ist nicht nur der Container. Es ist auch das Gras, das in den Gehwegfugen wuchert, obwohl meine Mutter es dort nie geduldet hätte. Es sind die Werbezettel, die keiner mehr aus dem Briefkasten holt, das Laub, das niemand zusammenharkt.

„Schrecklich, nicht?", meint Petra, als sie meinen entsetzten Blick bemerkt.

Alles in mir zieht sich zusammen, als ich ihr ins Haus folge. Sie reißt die Fenster auf und will sich gleich ans Werk machen.

„Erst die Fotos", erinnere ich sie.

„Ach ja", sagt Petra, „hier, auf dem Tisch."

Es sind zwei kleine, leicht verblichene Schwarzweißbilder. Das erste zeigt einen jungen Mann mit streng zurückgekämmtem Haar. Er trägt ein kurzärmeliges Hemd und sitzt auf einem Motorrad. Sein Blick ist auf die Kamera gerichtet. Selbstsicher. Triumphierend. Ein Angebertyp. Ich kann nicht sagen, dass er mir sympathisch wäre. Neben ihm steht ein Mädchen, vielleicht noch nicht volljährig, aber sicher zu alt für die langen Zöpfe, die sie eingedreht und am Kopf festgesteckt hat.

„Weißt du, wie die aussieht? Wie Leia, diese Star-Wars-Prinzessin", bemerke ich grinsend. „Meinst du etwa, das ist Mama?"

„Klar", sagt Petra. „Das ist doch ihr Gesicht! Aber wer ist der Mann? *Franz-Josef* steht hinten drauf. Sagt dir das irgendwas?"

Ich schüttle den Kopf.

„So hießen sie ja damals alle. Ihre erste Liebe könnte das sein. Schau mal, wie sie ihn anschmachtet. Und wie sie versucht, sich an ihn zu schmiegen."

„Dabei interessiert ihn das gar nicht. Arme Mama. Der hat sie bestimmt nur ausgenutzt."

„Tja, so was gibt es", sage ich. Schon zum zweiten Mal denke ich heute an Harald. Was wäre passiert, wenn ich meiner Mutter damals mein Herz ausgeschüttet hätte? Hätte sie mich vielleicht doch getröstet und mir von diesem Typen hier erzählt? Wohl kaum. Sie hat ja nie etwas gesagt.

Ich drehe das Bild um. *Mit Franz-Josef in Potsdam. Juli 1950* hat Mama handschriftlich vermerkt.

„Da war sie knappe 18", rechne ich schnell nach. „Wahnsinn. Warum hat sie uns das nie gezeigt?"

„Hier", sagt Petra und reicht mir die zweite Fotografie. Sieben Personen haben sich vor einer Hauswand aufgestellt. Die Gesichter sind ernst. Kleidung und Frisuren lassen darauf schließen, dass die Aufnahme in etwa aus derselben Zeit stammt wie die erste. Am äußersten Rand, halb verdeckt hinter einer anderen Frau, steht unsere Mutter. Die Zöpfe sind ab. Sie hat wohl selbst zur Schere gegriffen, vielleicht mit einem Bild von Marlene Dietrich in der Hand, denn daran erinnern mich ihre fransigen Locken.

„Sind das unsere Großeltern?", frage ich, als mein Blick auf ein älteres Paar in der Mitte des Bildes fällt.

„Schon möglich", sagt Petra. „Aber sieh dir Mama noch mal an."

Sie trägt einen viel zu großen Mantel für ihre schmalen Schultern und steht etwas schräg, die Arme vor dem Bauch verschränkt. Unnatürlich finde ich das zunächst, aber dann fällt mir auf, was sie verstecken will.

„Sie ist schwanger!", rufe ich aus. „Sie steht da genau wie ich! Ich habe mir zum Schluss auch immer so den Bauch gehalten. Weißt du noch, als du mich kurz vor Lukas' Geburt besucht hast?"

„Genau das habe ich auch gedacht", sagt Petra. „Aber es ist ja nur ein Foto. Vielleicht täuschen wir uns."

„Nein, ich bin mir sicher. Sieh dir diese Wölbung an! Entweder hat sie einen Fußball unter der Bluse oder sie ist im achten Monat."

Ich studiere noch einmal ihr Gesicht, ihren Bauch.

„Soll das heißen, sie hat zehn Jahre vor deiner Geburt schon einmal ein Kind bekommen? Wo ist das denn geblieben? Mama hatte doch kein Kind dabei, als sie hier ankam!"

„Woher willst du das wissen?", sagt Petra. „Sie hat uns doch nichts erzählt aus der Zeit vor ihrer Flucht."

„Aber andere hätten davon gewusst. Papa zum Beispiel. Irgendjemand hätte sich verplappert."

„Und wenn sie es gleich zur Adoption freigegeben hat?"

„Nein, das Kind ist drüben geblieben."

„Oder es hat nie gelebt. Wir haben nichts als ein Foto, auf dem ihr Bauch etwas aufgebläht wirkt. Es macht doch keinen Sinn, sich in so etwas hineinzusteigern!"

Petra scheint fest entschlossen, die Sache abzuhaken. Sie schiebt sich die Ärmel hoch, öffnet den Wohnzimmerschrank und geht zur Tagesordnung über.

„Das Silberbesteck, das Mama zur Hochzeit bekommen hat", sagt sie, „das würde ich gerne als Erinnerung behalten. Ist das in Ordnung?"

Sie holt die alte Holzkiste mit dem Steinhäger-Logo aus dem Schrank und stellt sie auf den Tisch. Jetzt erinnere ich mich. Die Suppenlöffel bekam man kaum in den Mund, und die Gabeln waren richtige Forken. Es kam eigentlich nur zu Weihnachten auf den Tisch. Danach wurde jedes Messer einzeln in Alufolie eingeschlagen und wieder in der Kiste verstaut.

„Sicher", sage ich. „Nimm dir alles, was du haben möchtest."

„Und du? Willst du gar nichts?"

Mir wird schwindelig. Ich gehe in die Küche und trinke einen Schluck Wasser aus dem Hahn.

„Das Buch", rufe ich ins Wohnzimmer, „in dem diese Fotos steckten. Was war das für eins?"

„Keine Ahnung", sagt Petra. „Irgendein Roman. Nichts Besonderes."

„Und sonst war nichts dabei?"

Sie stellt sich in den Türrahmen und seufzt.

„Nein", sagt sie. „Und es ist keiner mehr da, den wir fragen könnten."

„Aber es wäre doch denkbar, dass wir noch einen Bruder oder eine Schwester haben …"

Entschieden schüttelt Petra den Kopf. „Das ist eben nicht denkbar! Mama hält doch nicht all die Jahre ein Kind vor uns geheim! Das hätte sie nicht getan. Niemals!"

Sie geht zurück ins Wohnzimmer, holt die Tischdecken aus dem Schrank und schaut in aller Eile den Stapel durch.

„Auf dem Foto ist Mama schlecht getroffen", sagt sie, „sonst nichts. Und jetzt hilf mir bitte! Morgen früh wird hier alles ausgeräumt. Vielleicht hat sie noch irgendwo Hundertmarkscheine gebunkert oder Schmuck, von dem keiner was weiß. Ich möchte einfach nicht, dass das den Entrümplern in die Hände fällt!"

Petra hat recht. Die Zeit drängt.

„Wenn du schon in der Küche bist, kannst du da gleich anfangen."

„Ist gut", sage ich.

In den Schubladen meiner Mutter zu kramen, fällt mir schwerer als ich gedacht hätte. Wie ein Einbrecher auf der Suche nach Wertgegenständen komme ich mir vor oder schlimmer noch, wie ein Leichenfledderer.

Der goldene Flaschenöffner mit dem Löwenkopf ist bleischwer und potthässlich, aber er erinnert mich an meinen Vater und sein Bierchen zum Abendbrot.

„Möchtest du den haben?", frage ich Petra.

Sie schüttelt den Kopf. „Du etwa? Ich glaube nicht, dass der was wert ist."

Ich nehme ihn trotzdem mit. Unauffällig schiebe ich ihn in meine Tasche. Als nächstes sehe ich die Schnaps-Pinnchen in der Vitrine und denke an meine Konfirmation. An den hochroten Kopf von Onkel Ewald, seinen viel zu engen Hemdkragen und die Flasche Korn, die er fast im Alleingang leerte.

„Können wir die Gläser nicht noch verschenken?"

„Nein", sagt Petra, „ich habe schon überall herumtelefoniert. Alte Gläser kann keiner gebrauchen. Die gehen morgen mit weg."

„Die Nachbarn vielleicht?"

„Mensch, Bettina!", sagt sie und verdreht die Augen. „Wir können nicht alles behalten oder erwarten, dass andere es für uns aufheben!"

Sie war schon immer die Pragmatischere von uns beiden. Vielleicht hatte sie auch einfach mehr Zeit, sich zu verabschieden. Ich bin nicht oft hierhergekommen in den letzten Jahren, aber es war immer gut zu wissen, dass dieses Haus noch da war, dass meine Kindheit hier ihren Platz hatte.

Es geht schon auf acht zu, als wir endlich fertig sind. Wir laden die Fotoalben und die übrigen Dinge, die wir unter uns aufgeteilt haben, in Petras Kofferraum.

„So, das war's." Sie lässt die Klappe zufallen und will

einsteigen. „Ich habe Steaks gekauft. Die brate ich uns schnell. Wenn du willst, kannst du in der Zeit unter die Dusche springen."

„Petra", sage ich leise, „wärst du mir böse, wenn ich heute Nacht hierbliebe?"

„Was? Allein in diesem Haus? Wo willst du denn schlafen? Doch wohl nicht in dem Bett, in dem Mama gestorben ist?"

„Ich schlafe auf dem Sofa."

„Aber du hast doch nichts zu essen. Nicht mal einen Schluck Wasser!"

Mich fröstelt. Ich verschränke die Arme vor der Brust.

„Wenn es außer den Fotos noch etwas gibt", sage ich und wähle meine Worte ganz bewusst, „dann ist es irgendwo in diesem Haus. Und wenn wir es heute nicht finden, ist es weg. Für immer."

Sie spielt mit dem Autoschlüssel in ihrer Hand und denkt einen Moment nach.

„Wir wollten immer wissen, was damals passiert ist. Warum Mama einfach abgehauen ist, warum es später keinen Kontakt mehr zu ihrer Familie gab. Es passt doch alles zusammen! Sie war schwanger und hat sich darüber mit ihren Eltern verkracht."

„Das ist eine ziemlich wilde Theorie."

„Vielleicht. Aber ich möchte wissen, ob sie stimmt. Und du willst es auch wissen, Petra, sonst hättest du mir die Fotos nicht gezeigt."

Ich gehe um den Wagen herum und umarme sie.

„Da vorne an der Ecke ist eine Schnellpizzeria", erklärt sie mir. „Da kannst du dir was holen. Frühstück bringe ich morgen mit. Hast du überhaupt Geld dabei?"

„Natürlich, Mama", liegt es mir auf der Zunge, aber es gibt kaum einen Spruch, der in diesem Moment unpassender wäre. Ich winke ihr noch nach, dann mache ich mich auf den Weg in die Pizzeria.

Als ich eine halbe Stunde später wieder allein am Küchentisch sitze, mit einer Pizza Spinaci und einer großen Flasche Mineralwasser, wird mir angst und bange. Ich habe keinen Appetit. Meine Gedanken kreisen um das, was ich suche. Briefe, Papiere, Bescheinigungen. Wo hätte Mama solche Dinge aufbewahrt? Es gab keine Schuhkartons unter dem Bett, keine Geheimverstecke in den Kellerschränken. Ich muss also ganz von vorne anfangen und beginne in dem Raum, der früher mein Kinderzimmer war und meiner Mutter in den letzten Jahren als eine Art Büro diente.

Mein Blick fällt auf die sorgsam beschrifteten Aktenordner, die Petra alle schon durchgeblättert und beiseite gestellt hat. *Sparkasse, Stadtwerke, Finanzamt.* Morgen früh will sie ihren Schredder mitbringen.

Vielleicht ist es doch nur ein Hirngespinst, schießt es mir durch den Kopf, während ich mich ein letztes Mal in den Ohrensessel fallen lasse, den ich am liebsten mit nach Berlin nehmen würde. Er stand von Anfang an in meinem Zimmer, ein Erbstück väterlicherseits. Ich denke an die anderen Möbel, die ich hatte, an die Poster und die gemusterte Tapete. Irgendwann stehe ich wieder auf. Im Vorbeigehen streift mein Blick noch einmal die Aktenordner. *Internet* lese ich plötzlich auf einem der Rücken.

„Wo ist eigentlich der Computer?", sage ich halblaut, aber dann fällt mir ein, dass Sabrina ihn schon vor einiger Zeit bekommen hat.

„Oma wird immer verwirrter", hieß es damals, „die kann damit nichts mehr anfangen."

Mit der Technik hat meine Mutter sich nie leicht getan. Ich erinnere mich an unzählige Telefonate. „Bettina, der Drucker druckt nicht. ... Jetzt hat er was gedruckt, aber es sieht ganz anders aus als auf dem Bildschirm."

Ich war immer geduldig, habe sie bestärkt, als sie auf ihre alten Tage unbedingt noch einen Computer wollte. Nur einmal habe ich gefragt: „Mama, was druckst du denn dauernd? Das Internet wurde doch nicht erfunden, um es auszudrucken!"

Anscheinend hat sie es sogar abgeheftet. Neugierig ziehe ich den entsprechenden Ordner aus dem Stapel und schlage ihn auf.

Es sind Bilder von Berlin, die sie da ausgedruckt hat. Sehenswürdigkeiten, markante Punkte, aber auch unser Haus in Charlottenburg, mein Mann und mein Sohn. Bilder, die ich ihr per E-Mail geschickt habe, in der Hoffnung, sie würde uns noch mal besuchen. Vom Reichstag habe ich ihr vorgeschwärmt und vom Potsdamer Platz.

„Da ist mitten auf dem Todesstreifen ein ganz neues Zentrum entstanden. Hotels, Appartements, Restaurants. Fast wie in New York. Mama, das musst du gesehen haben! Du würdest nichts mehr wiedererkennen."

„Ach weeste, Bettina", hat sie genuschelt. „Watt soll ick denn in Berlin? Da jehnse doch ooch nur kacken."

Das war nicht ihr Stil, diese proletarische Ausdrucksweise, die Berliner Schnauze. Ich weiß noch genau, wie verletzt ich war. Und nun sehe ich, dass sie jedes einzelne Bild archiviert hat. Es folgen Informationen, die ich nicht zuordnen kann. Ein GoogleMaps-Ausschnitt aus Brandenburg, Statistiken und schließlich ein Artikel über Zwangsadoptionen in der ehemaligen DDR. Aufgeregt beginne ich ihn zu lesen. Die Beispiele sind erschütternd, es geht um politisch Andersdenkende und sozialschwache Frauen, aber weder das eine noch das andere scheint auf meine Mutter zu passen, also blättere ich weiter. Plötzlich halte ich einen Ausdruck aus einem Online-Portal in der Hand. *Personensuche* steht oben drüber, ein Datum von 2007 und eine Chiffre. Dann kommt der Text.

Helga Jakubeck sucht ihren Sohn Martin, geboren am 5.3.1951 im Klinikum Friedrichshain, Berlin. Unmittelbar nach der Geburt wurde das Kind der Mutter weggenommen und wahrscheinlich von einer Familie in Bernau/Brandenburg adoptiert. Die damals achtzehnjährige Mutter wollte der Adoption nicht zustimmen, wurde aber von ihrer Familie dazu gedrängt. Wer kann Hinweise geben?

Wieder und wieder lese ich den kurzen Text, bis ich das Blatt schließlich weglege. Es war also kein Hirngespinst. Ich bezweifle, dass sie ihn je gefunden hat, ihren Sohn Martin. Der Ordner enthält keine weiteren Dokumente, und kurz nachdem sie diesen Aufruf startete, entwickelte meine Mutter erste Anzeichen einer Demenz. Vielleicht müsste man ihre E-Mails kontrollieren, aber die wird Sabrina alle gelöscht haben.

Ich bin erschöpft. Mit einer Decke ziehe ich mich aufs Sofa zurück und versuche, den Schock zu verkraften. Es wird mir keine Ruhe lassen. Auch wenn die Angaben dürftig und die Namen weit verbreitet sind, werde ich versuchen, ihn zu finden, diesen Martin Jakubeck. Aber es muss bis morgen warten.

Vor mir liegt die letzte Nacht im Haus meiner Kindheit. In ein paar Stunden kommen die Entrümpler. Das Rätsel ist gelöst, und doch ist alles unklar. Ich überlege, ob ich Petra noch anrufen soll.

Nein, ich werde es ihr lieber persönlich sagen. Es wird sie härter treffen als mich. Sie, die gute Tochter, die immer da war.

Mercator

NEBEL ÜBER DER NIERS –
PHANTASTISCHE GESCHICHTEN
Bartholomäus Figatowski (Hrsg.)

Still erstreckt sich die Landschaft in die flachen Weiten des
Niederrheins, alles scheint friedlich und überschaubar.
Doch gibt es Geschichten über geheimnisvolle und phantastische Geschehnisse, die sich hier abgespielt haben, manche
schon vor langer Zeit, andere erst kürzlich.
15 solcher Geschichten enthält dieser Band, erzählt von 15
Autoren vom Niederrhein und anderswo. In „Pandoras Krug"
fördert das Niedrigwasser des Rheins bei Kleve eine griechi-
sche Pelike zutage, an der Hinweistafeln angebracht sind, die
eindringlich vor dem Öffnen warnen. Doch die Neugier bei den
Archäologen obsiegt – mit unheilvollen Folgen. In „Bolzen Alt"
hat das von Zwergen auf dem Hülser Berg gebraute Bier unge-
ahnte Auswirkungen auf das (Liebes-) leben des jungen Den-
nis. Und in Kevelaer wird ein kleiner Junge am Karsamstag Op-
fer eines schönen weiblichen Vampirs...

**Der Herausgeber Bartholomäus Figatowski, Literatur- und So-
zialwissenschaftler, hat an der Universität Köln über Science-
Fiction-Literatur für junge Leser promoviert. Als Herausgeber
hat er bereits Phantastische Geschichten aus Schleswig-Hol-
stein und aus dem Ruhrgebiet veröffentlicht.**

264 Seiten, kartoniert
ISBN 978-3-87463-510-3

Lisa –
Eine Spanierin am Niederrhein
Susanne Schulten

Als Welpe wird Lisa zusammen mit ihren Geschwistern nach Deutschland gebracht. Hier findet der Mischling rasch ein neues Zuhause bei einer engagierten Duisburger Familie. Die weiß zu diesem Zeitpunkt allerdings noch nicht, auf welches Abenteuer sie sich damit eingelassen hat ...
Lisa bringt das Leben der Familie Schulten mächtig durcheinander, doch Eltern wie Kinder stellen sich der neuen Herausforderung und finden durch Lisa viel über sich selbst heraus – und über die ganz besondere und unvergleichliche Beziehung zwischen Mensch und Hund im Allgemeinen.

„Vielleicht schätzen wir Hunde, weil sie so wild entschlossen sind, uns möglichst oft zum Lachen zu bringen – und sogar gegen unseren Willen, wenn sie ihren Job richtig gut machen. Ganz sicher aber brauchen wir sie, weil ihre Liebe zu uns so alt, so tief, so wild und so ewig ist wie das Meer."

Die Autorin Susanne Schulten ist, obwohl in Köln geboren, waschechte Niederrheinerin, denn ihre Kindheit verbrachte sie in Krefeld und lebt nun schon seit vielen Jahren mit ihrer Familie am Duisburger Kaiserberg. Sie arbeitet als Verlagslektorin und Autorin.
„Lisa – eine Spanierin am Niederrhein" ist ihr erstes Buch, das sie mit vielen Zeichnungen illustriert hat.

336 Seiten, viele Zeichnungen, kartoniert
ISBN 978-3-87463-499-1